蜘蛛の糸

著　芥川龍之介

ポプラ ポケット文庫

もくじ

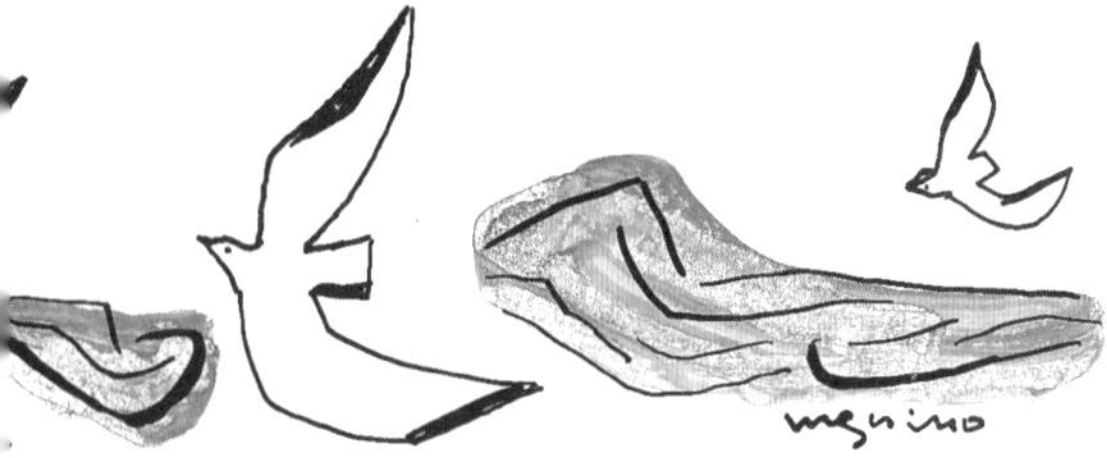

Poplar
Pocket
Library

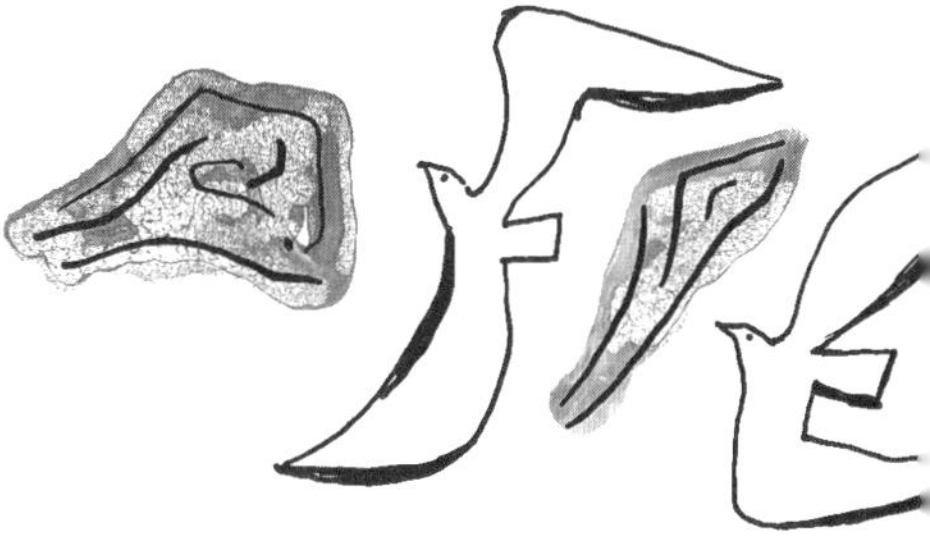

カバー絵
さし絵
篠崎三朗《しのざきみつお》

蜘《く》蛛《も》の糸

　ある日のことでございます。お釈迦様《しゃかさま》は極楽《ごくらく》の蓮池《はすいけ》のふちを、ひとりでぶらぶらお歩きになっていらっしゃいました。池の中に咲《さ》いている蓮の花は、みんな玉のようにまっ白で、そのまん中にある金色の蕊《ずい》からは、なんとも言えないよい匂《にお》いが、たえまなくあたりへあふれております。極楽はちょうど朝なのでございましょう。

　やがてお釈迦様はその池のふちにおたたずみになって、水の面《おもて》をおおっている蓮の葉《は》のあいだから、ふと下のようすをごらんになりました。この極楽の蓮池の下は、ちょうど地獄《じごく》の底《そこ》にあたっておりますから、水晶《すいしょう》のような水をすきとおして、三途《さんず》の川や針《はり》の山のけしきが、ちょうどのぞきめがねを見るように、はっきりと見えるのでございます。

するとその地獄《じごく》の底《そこ》に、犍陀多《かんだた》という男が一人、ほかの罪人《ざいにん》といっしょにうごめいている姿《すがた》が、お目にとまりました。この犍陀多という男は、人を殺《ころ》したり家に火をつけたり、いろいろ悪事《あくじ》をはたらいた大泥坊《おおどろぼう》でございますが、それでもたった一つ、よいことをいたしたおぼえがございます。と申《もう》しますのは、ある時この男が深《ふか》い林の中を通りますと、小さな蜘蛛《くも》が一ぴき、道ばたをはっていくのが見えました。そこで犍陀多は早速《さっそく》足をあげて、ふみ殺そうといたしましたが、「いや、いや、これも小さいながら、命《いのち》のあるものにちがいない。その命をむやみにとるということは、いくらなんでもかわいそうだ」と、こう急《きゅう》に思いかえして、とうとうその蜘蛛を殺さずに助《たす》けてやったからでございます。

お釈迦様《しゃかさま》は地獄のようすをごらんになりながら、この犍陀多には蜘蛛を助けたことがあるのをお思いだしになりました。そうしてそれだけのよいことをしたむくいには、できるなら、この男を地獄からすくいだしてやろうとお考えになりました。さいわい、そばを見ますと、翡翠《ひすい》のような色をした蓮《はす》の葉《は》の上に、極楽《ごくらく》の蜘蛛が一ぴき、美《うつく》しい銀色《ぎんいろ》の糸をかけております。お釈迦様はその蜘蛛の糸をそっとお手にお取《と》りになって、玉のような白蓮《しらはす》のあいだから、はるか下にある地獄《じごく》の底《そこ》へ、まっすぐにそれをおおろしなさいました。

二

こちらは地獄の底の血《ち》の池で、ほかの罪人《ざいにん》といっしょに、浮《う》いたり沈《しず》んだりしていた犍陀多《かんだた》でございます。なにしろどちらを見ても、まっ暗《くら》で、たまにそのくら暗《やみ》からぼんやり浮きあがっているものがあると思いますと、それはおそろしい針《はり》の山の針が光るのでございますから、その心細さといったらございません。その上あたりは墓《はか》の中のようにしんと静《しず》まりかえって、たまに聞こえるものといっては、ただ罪人がつくかすかな嘆息《たんそく》ばかりでございます。これはここへ落《お》ちてくるほどの人間は、もうさまざまな地獄の責苦《せめく》につかれはてて、泣《な》き声《ごえ》をだす力さえなくなっているのでございましょう。ですからさすが大泥坊《おおどろぼう》の犍陀多も、やはり血の池の血にむせびながら、まるで死《し》にかかった蛙《かわず》のように、ただもがいてばかりおりました。

ところがあるときのことでございます。なにげなく犍陀多が頭《あたま》をあげて、血の池の

空をながめますと、そのひっそりとした暗《やみ》の中を、遠い遠い天上から、銀色《ぎんいろ》の蜘蛛《くも》の糸が、まるで人目にかかるのをおそれるように、一すじ細く光りながら、するすると自分の上へたれてまいるのではございませんか。犍陀多《かんだた》はこれを見ると、思わず手をうってよろこびました。この糸にすがりついて、どこまでものぼっていけば、きっと地獄《じごく》からぬけだせるのに相違《そうい》ございません。いや、うまくいくと、極楽《ごくらく》へはいることさえもできましょう。そうすれば、もう針《はり》の山へ追《お》いあげられることもなくなれば、血《ち》の池に沈《しず》められることもあるはずはございません。

こう思いましたから犍陀多は早速《さっそく》その蜘蛛の糸を両手《りょうて》でしっかりとつかみながら、一生懸命《いっしょうけんめい》に上へ上へとたぐりのぼりはじめました。もとより大泥坊《おおどろぼう》のことでございますから、こういうことには昔《むかし》から、なれきっているのでございます。

しかし地獄と極楽とのあいだは、何万里《*り》となくございますから、いくらあせってみたところで、容易《ようい》に上へはでられません。ややしばらくのぼるうちに、とうとう犍陀多もくたびれて、もう一たぐりも上のほうへはのぼれなくなってしまいました。そこでしかたがございませんから、まず一休み休むつもりで、糸の中途《ちゅうと》にぶらさがりなが

＊ 一里《り》は約四キロメートル

ら、はるかに目の下を見おろしました。

すると、一生懸命《いっしょうけんめい》にのぼったかいがあって、さっきまで自分がいた血《ち》の池は、今ではもう暗《やみ》の底《そこ》にいつのまにかかくれております。それからあのぼんやり光っているおそろしい針《はり》の山も、足の下になってしまいました。このぶんでのぼっていけば、地獄《じごく》からぬけだすのも、存外《ぞんがい》わけがないかもしれません。犍陀多《かんだた》は両手《りょうて》を蜘蛛《くも》の糸にからみながら、ここへきてから何年にもだしたことのない声で、「しめた。しめた」と笑《わら》いました。ところがふと気がつきますと、蜘蛛の糸の下のほうには、数かぎりもない罪人《ざいにん》たちが、自分ののぼったあとをつけて、まるで蟻《あり》の行列《ぎょうれつ》のように、やはり上へ上へ一心によじのぼってくるではございませんか。犍陀多はこれを見ると、おどろいたのとおそろしいのとで、しばらくはただ、ばかのように大きな口をあいたまま、目ばかり動《うご》かしておりました。自分一人でさえ断《き》れそうな、この細い蜘蛛の糸が、どうしてあれだけの人数《にんず》の重《おも》みにたえることができましょう。もしまんいち途中《とちゅう》で断れたといたしましたら、せっかくここへまでのぼってきたこの肝腎《かんじん》な自分までも、もとの地獄へさか落《お》としに落ちてしまわなければなりません。そんなことがあったら、たいへ

んでございます。が、そういううちにも、罪人《ざいにん》たちは何百となく何千となく、まっ暗《くら》な血《ち》の池の底《そこ》から、うようよとはいあがって、細く光っている蜘蛛《くも》の糸を、一列《れつ》になりながら、せっせとのぼってまいります。今のうちにどうかしなければ、糸はまんなかから二つに断《き》れて、落《お》ちてしまうのにちがいありません。

そこで犍陀多《かんだた》は大きな声をだして、「こら、罪人ども、この蜘蛛の糸は己《おれ》のものだぞ。おまえたちはいったいだれにきいて、のぼってきた。おりろ。おりろ」とわめきました。

そのとたんでございます。今までなんともなかった蜘蛛の糸が、急《きゅう》に犍陀多のぶらさがっているところから、ぷつりと音をたてて断れました。ですから犍陀多もたまりません。あっというまもなく風を切って、独楽《こま》のようにくるくるまわりながら、みるみるうちに暗《やみ》の底へ、まっさかさまに落ちてしまいました。

あとにはただ極楽《ごくらく》の蜘蛛の糸が、きらきらと細く光りながら、月も星もない空の中《ちゅう》途《と》に、短《みじか》くたれているばかりでございます。

三

　お釈迦様《しゃかさま》は極楽《ごくらく》の蓮池《はすいけ》のふちに立って、この一部始終《いちぶしじゅう》をじっと見ていらっしゃいましたが、やがて犍陀多《かんだた》が血《ち》の池の底《そこ》へ石のように沈《しず》んでしまいますと、悲《かな》しそうなお顔《かお》をなさりながら、またぶらぶらお歩きになりはじめました。自分ばかり地獄《じごく》からぬけだそうとする、犍陀多の無慈悲《むじひ》な心が、そうしてその心相当《そうとう》な罰《ばつ》をうけて、もとの地獄へ落《お》ちてしまったのが、お釈迦様のお目から見ると、あさましくおぼしめされたのでございましょう。

　しかし極楽の蓮池の蓮は、少しもそんなことには頓着《とんじゃく》いたしません。その玉のような白い花は、お釈迦様の御足《おみあし》のまわりに、ゆらゆら萼《うてな》を動《うご》かして、そのまんなかにある金色の蕊《ずい》からは、なんとも言えないよい匂《にお》いが、たえまなくあたりへあふれております。極楽ももう午《ひる》に近くなったのでございましょう。

地《じ》獄《ごく》変《へん》

一

堀川《ほりかわ》の大殿様《おおとのさま》のような方《かた》は、これまではもとより、のちの世《よ》にはおそらく二人とはいらっしゃいますまい。噂《うわさ》に聞きますと、あの方のご誕生《たんじょう》になる前には、*大威徳明王《だいいとくみょうおう》の御姿《おんすがた》が御母君《おんははぎみ》の夢枕《ゆめまくら》にお立ちになったとか申《もう》すことでございますが、とにかくお生まれつきから、なみなみの人間とはおちがいになっていたようでございます。でございますから、あの方のなさいましたことには、一つとして私どもの意表《いひょう》にでていないものはございません。早い話が堀川のお邸《やしき》のご規模《きぼ》を拝見《はいけん》いたしましても、壮大《そうだい》と申しましょうか、豪放《ごうほう》と申しましょうか、とうてい私どもの凡慮《ぼんりょ》にはおよばない、思い

＊ 五大明王の一。西方をまもり、衆生《しゅじょう》を害《がい》するいっさいの毒蛇《どくじゃ》や悪竜《あくりゅう》を屈伏《くっぷく》させるという。阿弥陀如来《あみだにょらい》の所変《しょへん》

きったところがあるようでございます。中にはまた、そこをいろいろとあげつらって、大殿様《おおとのさま》のご性行《せいこう》を*1始皇帝《しこうてい》や*2煬帝《ようだい》にくらべるものもございますが、それはことわざに言う群盲《ぐんもう》の象《ぞう》をなでるようなものでもございましょうか。あの方の御《お》ぼしめしは、けっしてそのようにご自分ばかり、栄耀栄華《えいようえいが》をなさろうと申《もう》すのではございません。それよりはもっとしもじものことまでお考えになる、いわば天下とともに楽しむとでも申しそうな、*3大腹中《だいふくちゅう》のご器量《きりょう》がございました。

それでございますから、二条大宮《にじょうおおみや》の*4百鬼夜行《ひゃっきやぎょう》におあいになっても、かくべつおさわりがなかったのでございましょう。また陸奥《みちのく》の塩釜《しおがま》の景色《けしき》をうつしたので名高いあの東三条《ひがしさんじょう》の河原院《かわらのいん》に、夜な夜なあらわれるという噂《うわさ》のあった*5融《とおる》の左大臣《さだいじん》の霊《れい》でさえ、大《おお》殿様《とのさま》のおしかりをうけては、姿《すがた》を消《け》したのに相違《そうい》ございますまい。かようなご威光《いこう》でございますから、そのころ洛中《らくちゅう》の老若男女《ろうにゃくなんにょ》が、大殿様と申しますと、まるで*6権者《ごんじゃ》の再《さい》

*1 秦《しん》の第一代皇帝《こうてい》。名は政。前二二一年、天下を統一《とういつ》し、みずから始皇帝《しこうてい》と称《しょう》した。万里《ばんり》の長城《ちょうじょう》を増築《ぞうちく》し、医《い》薬《やく》・卜筮《ぼくぜい》・種樹《しゅじゅ》関係《かんけい》以外《いがい》の書をすべて焼《や》き捨《す》て、儒《じゅ》をあなうめにし、阿房宮《あぼうきゅう》や驪山《りざん》の陵《りょう》をきずいた（前二五九—前二一〇年） *2 随《ずい》の第二代皇帝《こうてい》。父を殺して六〇四年に即位《そくい》し、大土木工事を起こし、その生活は豪奢《ごうしゃ》をきわめた（五六九—六一八年） *3 度量《どりょう》の大きいこと。ふとっぱら *4 多くの化《ば》け物《もの》が、夜中に列をなして出歩くこと *5 源融《みなもとのとおる》。平安《へいあん》前期の朝臣《あそん》。六条河原《ろくじょうがわら》に壮麗《そうれい》な邸宅《ていたく》をかまえたので、河原の左大臣と称《しょう》された（八二二—八九五年） *6 神仏《しんぶつ》が人間を救《すく》うために、人間に姿《すがた》をかえて、この世にあらわれたもの

来《らい》のように尊《とうと》み合いましたも、けっして無理《むり》ではございません。いつぞや、*1内《うち》の梅花《ばいか》の宴《えん》からのお帰りにお車の牛が放《はな》れて、おりから通りかかった老人《ろうじん》にけがをさせましたときでさえ、その老人は手を合わせて、大殿様《おおとのさま》の牛にかけられたことをありがたがったと申《もう》すことでございます。

さような次第《しだい》でございますから、大殿様ご一代《いちだい》の間には、のちのちまでも語り草になりますようなことが、ずいぶんたくさんにございました。*2大饗《おおみあえ》の引出物《ひきでもの》に白馬《あおうま》ばかりを三十頭《とう》、賜《たま》わったこともございますし、長良《ながら》の橋《はし》の橋柱《はしばしら》にご寵愛《ちょうあい》のわらべをたてたこともございますし、それからまた*3華陀《かだ》の術《じゅつ》をつたえた*4震旦《しんたん》の僧《そう》に、御腿《おんもも》の瘡《もがさ》をお切らせになったこともございますし、――いちいちかぞえたてておりましては、とても際限《さいげん》がございません。が、その数多いご逸事《いつじ》の中でも、いまではお家《いえ》の重宝《ちょうほう》になっております地獄変《じごくへん》の屏風《びょうぶ》の由来《ゆらい》ほど、おそろしい話はございますまい。日ごろは物におさわぎにならない大殿様でさえ、あのときばかりは、さすがにおおどろきになったようでございました。ましておそばにつかえていた私どもが、魂《たましい》も消えるばかりに思ったのは、申しあげるまでもございません。中でもこの私なぞは、大殿様にも二十年来《ねんらい》

*1 宮中。内裏《だいり》 *2 天皇《てんのう》がひらく酒宴《しゅえん》 *3 三国時代《さんごくじだい》の魏《ぎ》の名医《めいい》 *4 中国

ご奉公申《ほうこうもう》しておりましたが、それでさえ、あのようなすさまじい見物《みもの》にであったことは、ついぞまたとなかったくらいでございます。

しかし、そのお話をいたしますには、あらかじめまず、あの地獄変《じごくへん》の屏風《びょうぶ》を描《か》きました、良秀《よしひで》と申す画師《えし》のことを申しあげておく必要《ひつよう》がございましょう。

二

良秀と申しましたら、あるいはただいまでもなお、あの男のことをおぼえていらっしゃる方《かた》がございましょう。そのころ絵筆《えふで》をとりましては、良秀の右にでるものは一人もあるまいと申されたくらい、高名《こうみょう》な絵師《えし》でございます。あのときのことがございましたときには、かれこれもう五十の坂《さか》に、手がとどいておりましたろうか。見たところはただ、背《せ》の低《ひく》い、骨《ほね》と皮《かわ》ばかりにやせた、いじのわるそうな老人《ろうじん》でございました。それが大殿様《おおとのさま》のお邸《やしき》へまいりますときには、よく丁子染《ちょうじぞ》め*1の狩衣《かりぎぬ》*2に揉烏帽子《もみえぼし》*3をかけておりましたが、人がらはいたっていやしい方で、なぜか年よりらしくもなく、く

*1 丁子《ちょうじ》を濃《こ》く煮《に》だして、その煮汁《にじる》で染《そ》めたもので、黄色がかった薄紅色《うすべにいろ》　*2 公家《くげ》が日常着た略服《りゃくふく》。丸《まる》えりで、袖《そで》にくくりがあり、わきを縫《ぬ》い合わせず、指貫《さしぬき》の上にすそを外にだして着る　*3 もんでやわらかく作った烏帽子《えぼし》。烏帽子はかぶりものの一種。貴人《きじん》はふだんに、無官《むかん》の者は儀式《ぎしき》のときにかぶった

ちびるのめだって赤いのが、その上にまたきみのわるい、いかにも獣《けもの》めいた心もちをおこさせたものでございます。中にはあれは絵筆《えふで》をなめるので紅《べに》がつくのだと申《もう》した人もおりましたが、どういうものでございましょうか。もっともそれより口のわるいだれかれは、良秀《よしひで》の立《た》ち居《い》ふるまいが猿《さる》のようだとか申しまして、猿秀《さるひで》というあだ名までつけたことがございました。

いや、猿秀と申せば、かようなお話もございます。そのころ大殿様《おおとのさま》のお邸《やしき》には、十五になる良秀の一人娘《ひとりむすめ》が、小女房《こにょうぼう》にあがっておりましたが、これはまた生みの親には似《に》もつかない、あいきょうのある娘でございました。その上早く女親《おんなおや》に別《わか》れましたせいか、思いやりの深《ふか》い、年よりもませた、りこうな生まれつきで、年の若《わか》いのにも似ず、なにかとよく気がつくものでございますから、*1御台様《みだいさま》をはじめほかの女房たちにも、かわいがられていたようでございます。

するとなにかのおりに、*2丹波《たんば》の国から人になれた猿を一匹《ぴき》、献上《けんじょう》したものがございまして、それにちょうどいたずら盛《ざか》りの若殿様《わかとのさま》が、良秀という名をおつけになりました。ただでさえその猿のようすがおかしいところへ、かような名がついたのでございい

*1 昔、大臣《だいじん》・将軍家《しょうぐんけ》などの妻《つま》の敬称《けいしょう》　*2 今の京都府《きょうとふ》と兵庫県《ひょうごけん》の一部

ますから、お邸中《やしきじゅう》だれ一人笑《わら》わないものはございません。それも笑うばかりならよろしゅうございますが、おもしろ半分にみなのものが、やれお庭《にわ》の松《まつ》にあがったの、やれ*1曹子《ぞうし》の畳《たたみ》をよごしたのと、そのたびごとに、良秀《よしひで》良秀と呼《よ》びたてては、とにかくいじめたがるのでございます。

ところがある日のこと、前に申《もう》しました良秀の娘《むすめ》が、お文《ふみ》を結《むす》んだ寒紅梅《かんこうばい》の枝《えだ》を持《も》って、長いお廊下《ろうか》を通りかかりますと、遠くの遣《や》り戸《ど》のむこうから、例《れい》の小猿《こざる》の良秀が、おおかた足でもくじいたのでございましょう、いつものように柱《はしら》へかけのぼる元気もなく、びっこをひきひき、いっさんに逃《に》げてまいるのでございます。しかもそのあとからは*2楚《すわえ》をふりあげた若殿様《わかとのさま》が「*3柑子盗人《こうじぬすびと》め、待《ま》て。待て」とおっしゃりながら、追《お》いかけていらっしゃるのではございませんか。良秀の娘はこれを見ますと、ちょいとの間ためらったようでございますが、ちょうどそのとき逃げてきた猿が、袴《はかま》のすそにすがりながら、あわれな声をだして啼《な》きたてました――と、急《きゅう》にかわいそうだと思う心が、おさえきれなくなったのでございましょう。片手《かたて》に梅《うめ》の枝をかざしたまま、片手に*4紫匂《むらさきにお》いの袿《うちぎ》の袖《そで》を軽《かる》そうにはらりと開《ひら》きますと、やさしくその猿をだきあげて、

＊1 昔、宮中《きゅうちゅう》の女官《じょかん》や官吏《かんり》の用《もち》いた部屋　＊2 刑罰《けいばつ》の具《ぐ》。むち　＊3 みかんの一種　＊4 平安《へいあん》時代の貴婦人《きふじん》の服。表は紫《むらさき》、裏《うら》は薄紫色《うすむらさきいろ》の、上衣《うわぎ》の下にかさねて着たもの

若殿様《わかとのさま》の御前《ごぜん》に小腰《こごし》をかがめながら、「おそれながら畜生《ちくしょう》でございます。どうかごかんべんあそばしまし」と、涼《すず》しい声で申《もう》しあげました。

が、若殿様のほうは、気負《きお》ってかけておいでになったところでございますから、むずかしいお顔《かお》をなすって、二、三度《ど》おみ足をお踏《ふ》み鳴らしになりながら、

「なんでかばう。その猿《さる》は柑子盗人《こうじぬすびと》だぞ。」

「畜生でございますから、……」

娘《むすめ》はもう一度《ど》くりかえしましたが、やがてさびしそうにほほえみますと、

「それに良秀《よしひで》と申しますと、父がご折檻《せっかん》をうけますようで、どうもただ見てはおられませぬ。」

と、思いきったように申すのでございます。これにはさすがの若殿様も、我《が》をお折《お》りになったのでございましょう。

「そうか。父親の命《いのち》ごいなら、まげてゆるしてとらすとしよう。」

不承不承《ふしょうぶしょう》にこうおっしゃると、楚《すわえ》をそこへお捨《す》てになって、もといらしった遣り戸《やりど》のほうへ、そのままお帰りになってしまいました。

三

良秀《よしひで》の娘《むすめ》とこの小猿《こざる》との仲《なか》がよくなったのは、それからのことでございます。娘はお姫様《ひめさま》からちょうだいした黄金《こがね》の鈴《すず》を、美《うつく》しい真紅《しんく》のひもにさげて、それを猿《さる》の頭《あたま》へかけてやりますし、猿はまたどんなことがございましても、めったに娘の身《み》のまわりをはなれません。あるとき娘の風邪《かぜ》の心地《ここち》で、床《とこ》につきましたときなども、小猿はちゃんとその枕《まくら》もとにすわりこんで、気のせいか心細そうな顔《かお》をしながら、しきりにつめをかんでおりました。

こうなるとまた妙《みょう》なもので、だれもいままでのようにこの小猿を、いじめるものはございません。いや、かえってだんだんかわいがりはじめて、しまいには若殿様《わかとのさま》でさえ、時々柿《かき》や栗《くり》を投《な》げておやりになったばかりか、侍《さむらい》のだれやらがこの猿を足げにしたときなぞは、たいそうご立腹《りっぷく》にもなったそうでございます。その後大殿様《おおとのさま》がわざわざ良秀の娘に猿をだいて、御前《ごぜん》へでるようとご沙汰《さた》になったのも、この若殿様のお腹《はら》だちになった話を、お聞きになってからだとか申《もう》しました。そのついでに自然《しぜん》と娘の

猿《さる》をかわいがるいわれもお耳にはいったのでございましょう。

「孝行《こうこう》なやつじゃ。ほめてとらすぞ。」

かような御意《ぎょい》で、娘《むすめ》はそのとき、紅《くれない》の*袙《あこめ》をごほうびにいただきました。ところがこの袙をまた見よう見真似《みまね》に、猿がうやうやしく押《お》しいただきましたので、大殿様《おおとのさま》のごきげんは、ひとしおよろしかったそうでございます。でございますから、大殿様が良秀《よしひで》の娘をごひいきになったのは、まったくこの猿をかわいがった、孝行恩愛《こうこうおんあい》の情《じょう》をご賞美《しょうび》なすったので、けっして世間《せけん》でとやかく申《もう》しますように、色をお好《この》みになったわけではございません。もっともかような噂《うわさ》のたちました起《お》こりも、無理《むり》のないところがございますが、それはまたのちになって、ゆっくりお話しいたしましょう。ここではただ大殿様が、いかに美《うつく》しいにしたところで、絵師風情《えしふぜい》の娘などに、想《おも》いをおかけになる方《かた》ではないということを、申しあげておけば、よろしゅうございます。

さて良秀の娘は、面目《めんもく》をほどこして御前《ごぜん》をさがりましたが、もとより利口《りこう》な女でございますから、はしたないほかの女房《にょうぼう》たちのねたみをうけるようなこともございません。かえってそれ以来《いらい》、猿といっしょになにかといとしがられまして、とりわけお姫《ひめ》

＊婦人《ふじん》や少女が肌《はだ》に近く着《き》た衣服《いふく》

様《さま》のおそばからはおはなれ申《もう》したことがないと言ってもよろしいくらい、*物《もの》見《み》車《ぐるま》のお供《とも》にもついぞ欠《か》けたことはございませんでした。

が、娘《むすめ》のことはひとまずおきまして、これからまた親の良秀《よしひで》のことを申しあげましょう。なるほど猿《さる》のほうは、かようにまもなく、みなのものにかわいがられるようになりましたが、かんじんの良秀はやはりだれにでもきらわれて、あいかわらずかげへまわっては、猿秀《さるひで》よばわりをされておりました。しかもそれがまた、お邸《やしき》の中ばかりではございません。現《げん》に横川《よかわ》の僧都《そうず》様《さま》も、良秀と申しますと、魔障《ましょう》にでもおあいになったように、顔《かお》の色をかえて、おにくみあそばしました。（もっともこれは良秀が僧都様のご行状《ぎょうじょう》を戯画《ざれえ》に描《か》いたからだなどと申しますが、なにぶんしもざまの噂《うわさ》ではございますから、たしかにさようとは申されますまい）とにかく、あの男の不評判《ふひょうばん》は、どちらの方《かた》にうかがいましても、そういう調子《ちょうし》ばかりでございます。もしわるく言わないものがあったといたしますと、それは二－三人の絵師仲間《えしなかま》か、あるいはまた、あの男の絵を知っているだけで、あの男の人間は知らないものばかりでございましょう。

しかし実際《じっさい》良秀には、見たところがいやしかったばかりでなく、もっと人にいやが

＊祭礼《さいれい》などを見物する人が乗った牛車《ぎっしゃ》

られるわるいくせがあったのでございますから、それもまったく自業自得《じごうじとく》とでもなすよりほかに、いたしかたはございません。

四

そのくせと申《もう》しますのは、吝嗇《りんしょく》で、慳貪《けんどん》で、恥知《はじし》らずで、なまけもので、強欲《ごうよく》で――いや、その中でもとりわけはなはだしいのは、おうへいで、高慢《こうまん》で、いつも本朝《ほんちょう》第一《だいいち》の画師《えし》と申すことを、鼻《はな》の先へぶらさげていることでございましょう。それも画《が》道《どう》の上ばかりならまだしもでございますが、あの男の負《ま》け惜《お》しみになりますと、世間《せけん》のならわしとかしきたりとか申すようなものまで、すべてばかにいたさずにはおかないのでございます。これは永年良秀《ながねんよしひで》の弟子《でし》になっていた男の話でございますが、ある日さる方《かた》のお邸《やしき》で名高い檜垣《ひがき》の巫女《みこ》に御霊《ごりょう》がついて、おそろしいご託宣《たくせん》があったときも、あの男はそら耳《みみ》を走らせながら、ありあわせた筆《ふで》と墨《すみ》とで、その巫女のものすごい顔《かお》を、ていねいに写《うつ》しておったとか申しました。おおかた御霊のおたたりも、あの男の目から見ましたなら、子供《こども》だましくらいにしか思われないのでございましょう。

さような男でございますから、[1]吉祥天《きっしょうてん》を描《か》くときは、いやしい[2]傀儡《くぐつ》の顔《かお》をうつしましたり、[3]不動明王《ふどうみょうおう》を描くときは、無頼《ぶらい》の[4]放免《ほうめん》の姿《すがた》をかたどりましたり、色々のもったいないまねをいたしましたが、それでも当人をなじりますと「良秀《よしひで》の描いた神仏《しんぶつ》が、その良秀に[5]冥罰《みょうばつ》をあてられるとは、異《い》なことを聞くものじゃ」と、そらうそぶいているではございませんか。これにはさすがの弟子《でし》たちもあきれかえって、中には未来《みらい》のおそろしさに、そうそうひまをとったものも、少なくなかったように見うけました。――まず一口に申《もう》しましたなら、慢業重畳《まんごうちょうじょう》とでも名づけましょうか。とにかく当時天《あめ》の下《した》で、自分ほどのえらい人間はないと思っていた男でございます。

したがって良秀がどのくらい画道《がどう》でも、高くとまっておりましたかは、申しあげるまでもございますまい。もっともその絵でさえ、あの男のは筆使《ふでづか》いでも彩色《さいしき》でも、まるでほかの絵師《えし》とはちがっておりましたから、仲《なか》のわるい絵師仲間《えしなかま》では、山師《やまし》だなどと申す評判《ひょうばん》も、だいぶあったようでございます。その連中《れんじゅう》の申しますには、[6]川成《かわなり》とか

＊1　鬼子母神《きしぼじん》の子で、その像《ぞう》は容貌端麗《ようぼうたんれい》。衆生《しゅじょう》に福徳《ふくとく》をあたえるという女神《めがみ》　＊2　あやつり人形を歌にあわせて舞《ま》わせる芸人《げいにん》　＊3　五大明王の一。怒《いか》りの形相《ぎょうそう》をして、右手に剣《けん》、左手になわを持ち、火炎《かえん》を負《お》って石の上にすわっている明王　＊4　検非違使《けびいし》の庁《ちょう》に使われる下司《げす》。軽《かる》い罪《つみ》の人の刑《けい》を免《めん》じて使ったので、この名がある　＊5　神仏《しんぶつ》が人知れずにあたえる罰《ばつ》　＊6　百済川成《くだらのかわなり》。平安《へいあん》時代初期の画家《がか》

*1金岡《かなおか》とか、そのほか昔《むかし》の名匠《めいしょう》の筆《ふで》になったものと申《もう》しますと、やれ板戸《いたど》の梅《うめ》の花が、月の夜ごとに匂《にお》ったの、やれ屏風《びょうぶ》の大宮人《おおみやびと》が、笛《ふえ》を吹《ふ》く音《ね》さえ聞こえたのと、優美《ゆうび》な噂《うわさ》がたっているものでございますが、良秀《よしひで》の絵になりますと、いつでもかならず気味《きみ》のわるい、妙《みょう》な評判《ひょうばん》だけしかつたわりません。たとえばあの男が竜蓋寺《りゅうがいじ》の門へ描《か》きました、*2五趣生死《ごしゅしょうじ》の絵にいたしましても、夜ふけて門の下を通りますと、天人《てんにん》のため息《いき》をつく音やすすり泣《な》きをする声が、聞こえたと申すことでございます。いや、なかには死人《しにん》のくさっていく臭気《しゅうき》を、かいだと申すものさえございました。それから大殿様《おおとのさま》のお言いつけで描《か》いた、女房《にょうぼう》たちの似《に》せ絵《え》なども、その絵にうつされただけの人間は、三年とたたないうちに、みな魂《たましい》のぬけたような病気《びょうき》になって、死んだと申すではございませんか。わるく言うものに申させますと、それが良秀の絵の邪道《じゃどう》に落《お》ちている、なによりの証拠《しょうこ》だそうでございます。

が、なにぶん前にも申しあげましたとおり、横紙破《よこがみやぶ》りな男でございますから、それがかえって良秀は大自慢《おおじまん》で、いつぞや大殿様がごじょうだんに、「そのほうはとかくみにくいものが好《す》きと見える」とおっしゃったときも、あの年に似《に》ず赤いくちびるで

*1 巨勢金岡《こせのかなおか》。平安《へいあん》時代初期の画家　*2 衆生《しゅじょう》が、善悪《ぜんあく》の行為《こうい》によって、天上・人間・地獄《じごく》・畜生《ちくしょう》・餓鬼《がき》に輪廻《りんね》転生《てんしょう》すること

にやりと気味《きみ》わるく笑《わら》いながら、「さようでござりまする。かいなで*1の絵師《えし》には総《そう》じてみにくいものの美《うつく》しさなどと申《もう》すことは、わかろうはずがございませぬ」と、おうへいにお答え申しあげました。いかに本朝第一《ほんちょうだいいち》の絵師にもいたせ、よくも大殿様《おおとのさま》の御前《ごぜん》へでて、そのような高言《こうげん》がはけたものでございます。先刻《せんこく》引き合いにだしました弟子《でし》が、ないない師匠《ししょう》に「智羅永寿《ちらえいじゅ》」というあだ名をつけて、増長慢《ぞうちょうまん》をそしっておりましたが、それも無理《むり》はございません。ご承知《しょうち》でもございましょうが、「智羅永寿」と申しますのは、昔《むかし》、震旦《しんたん》からわたってまいりました天狗《てんぐ》の名でございます。

しかしこの良秀《よしひで》にさえ――このなんとも言いようのない、*2横道者《おうどうもの》の良秀にさえ、たった一つ人間らしい、情愛《じょうあい》のあるところがございました。

五

と申しますのは、良秀が、あの一人娘《ひとりむすめ》の小女房《こにょうぼう》をまるで気ちがいのようにかわいがっていたことでございます。先刻《せんこく》申しあげましたとおり、娘もいたって気のやさしい、親思いの女でございましたが、あの男の子ぼんのうは、けっしてそれにもおとります

*1 物の表面《ひょうめん》をなでただけで、ほんとうの意味を深く知らないこと　*2 心がねじけている者

まい。なにしろ娘《むすめ》の着《き》る物《もの》とか、髪飾《かみかざ》りとかのことと申《もう》しますと、どこのお寺の*1勧進《かんじん》にも喜捨《きしゃ》をしたことのないあの男が、金銭《きんせん》にはさらに惜《お》しげもなく、ととのえてやるというのでございますから、うそのような気がいたすではございませんか。

が、良秀《よしひで》の娘をかわいがるのは、ただ、かわいがるだけで、やがてよい聟《むこ》をとろうなどと申すことは、夢《ゆめ》にも考えておりません。それどころか、あの娘へわるく言いよるものでもございましたら、かえって*2辻冠者《つじかんじゃ》ばらでもかり集《あつ》めて、暗《やみ》うらくらいはくわせかねない了見《りょうけん》でございます。でございますから、あの娘が大殿様《おおとのさま》のお声がかりで小女房《こにょうぼう》にあがりましたときも、老爺《おやじ》のほうは大不服《おおふふく》で、当座《とうざ》の間は御前《ごぜん》へでても、にがりきってばかりおりました。大殿様が娘の美《うつく》しいのにお心をひかされて、親の不承《ふしょう》知《ち》なのもかまわずに、召《め》しあげたなどと申す噂《うわさ》は、おおかたかようなようすを見たもののあて推量《ずいりょう》からでたのでございましょう。

もっともその噂はうそでございまして、子ぼんのうの一心《いっしん》から、良秀が始終《しじゅう》娘のさがるように祈《いの》っておりましたのはたしかでございます。あるとき大殿様のお言いつけで、*3稚児文殊《ちごもんじゅ》を描《か》きましたときも、ご寵愛《ちょうあい》の童《わらべ》の顔《かお》を写《うつ》しまして、みごとなできでご

＊1　寺や塔《とう》、仏像《ぶつぞう》の建立《こんりゅう》や修繕《しゅうぜん》のときに、寄付《きふ》をつのること　＊2　町に横行《おうこう》するならず者たち　＊3　画題《がだい》。子供の姿《すがた》をした菩薩《ぼさつ》。釈迦《しゃか》の左に侍《じ》して知恵《ちえ》をつかさどる

ざいましたから、大殿様《おおとのさま》もしごくご満足《まんぞく》で、「ほうびにも望《のぞ》みの物《もの》を取《と》らせるぞ。遠慮《えんりょ》なく望め」と言うありがたいおことばがくだりました。すると良秀《よしひで》はかしこまって、なにを申《もう》すかと思いますと、

「なにとぞ私の娘《むすめ》をばおさげくださいますように」と、臆面《おくめん》もなく申しあげました。ほかのお邸《やしき》ならばともかくも、堀川《ほりかわ》の大殿様のおそばにつかえているのを、いかにかわいいからと申しまして、かようにぶしつけにおいとまを願《ねが》いますものが、どこの国におりましょう。これには大腹中《だいふくちゅう》の大殿様もいささかごきげんを損《そん》じたと見えまして、しばらくはただだまって良秀の顔《かお》をながめておいでになりましたが、やがて、

「それはならぬ」とはきだすようにおっしゃると、急《きゅう》にそのままお立ちになってしまいました。かようなことが、前後四‐五へんもございましたろうか。いまになって考えてみますと、大殿様の良秀をごらんになる目は、そのつどにだんだん冷《ひ》ややかになっていらしったようでございます。するとまた、それにつけても、娘のほうは、父親の身《み》が案《あん》じられるせいでもございますか、曹司《ぞうし》へさがっているときなどは、よく袿《うちぎ》の袖《そで》をかんで、しくしく泣《な》いておりました。そこで大殿様が良秀の娘に懸想《けそう》なすったたな

どと申《もう》す噂《うわさ》が、いよいよひろがるようになったのでございましょう。なかには地獄変《じごくへん》の屏風《びょうぶ》の由来《ゆらい》も、じつは娘《むすめ》が大殿様《おおとのさま》の御意《ぎょい》にしたがわなかったからだなどと申すものもおりますが、もとよりさようなことがあるはずはございません。

私どもの目から見ますと、大殿様が良秀《よしひで》の娘をおさげにならなかったのは、まったく娘の身の上をあわれにおぼしめしたからで、あのようにかたくなな親のそばへやるよりはお邸《やしき》に置《お》いて、なに不自由《ふじゆう》なく暮《く》らさせてやろうというありがたいお考えだったようでございます。それはもとより気だてのやさしいあの娘を、ごひいきになったのはまちがいございません。が、色をお好《この》みになったと申しますのは、おそらく*牽強《けんきょう》付会《ふかい》の説《せつ》でございましょう。いや、あとかたもないうそと申したほうが、よろしいくらいでございます。

それはともかくもといたしてまして、かように娘のことから良秀のお覚《ぼ》えがだいぶわるくなってきたときでございます。どうおぼしめしたか、大殿様は突然《とつぜん》良秀をおめしになって、地獄変の屏風を描《か》くようにと、お言いつけなさいました。

＊自分につごうのよいように、むりに理屈《りくつ》をつけること。こじつけ

六

地獄変《じごくへん》の屏風《びょうぶ》と申《もう》しますと、私はもうあのおそろしい画面《がめん》の景色《けしき》が、ありありと目の前へ浮《う》かんでくるような気がいたします。

おなじ地獄変と申しましても、良秀《よしひで》の描《か》きましたのは、ほかの絵師《えし》のにくらべますと、第一図取《ずど》りから似《に》ておりません。それは一帖《じょう》の屏風の片《かた》すみへ、小さく*1十王《じゅうおう》をはじめ*2眷属《けんぞく》たちの姿《すがた》を描いて、あとはいちめんにものすごい猛火《もうか》が剣山刀樹《けんざんとうじゅ》もただれるかと思うほど渦《うず》を巻《ま》いておりました。でございますから、唐《から》めいた*3冥官《みょうかん》たちの衣装《いしょう》が、点々と黄や藍《あい》をつづっておりますほかは、どこを見ても烈々《れつれつ》とした火焔《かえん》の色で、その中をまるで卍《まんじ》のように、墨《すみ》をとばした黒煙《くろけむり》と金粉《きんぷん》をあおった火《ひ》の粉《こ》とが、舞《ま》い狂《くる》っているのでございます。

こればかりでも、ずいぶん人の目をおどろかす筆勢《ひっせい》でございますが、その上にまた、業火《ごうか》に焼《や》かれて、転々《てんてん》と苦《くる》しんでおります罪人《ざいにん》も、ほとんど一人として通例《つうれい》の地獄絵《じごくえ》にあるものはございません。なぜかと申しますと、良秀はこの多くの罪人の中に、上《かみ》

＊1 地獄《じごく》にいるという閻魔王《えんまおう》、五道転輪王《ごどうてんりんおう》など十人の王　＊2 一族、親族。従者　＊3 地獄の閻魔《えんま》の庁《ちょう》の役人

＊1は月卿雲客《げっけいうんかく》から下《しも》は乞食非人《こじきひにん》まで、あらゆる身分《みぶん》の人間をうつしてきたからでございます。＊2束帯《そくたい》のいかめしい殿上人《てんじょうびと》、＊3五つ衣《ぎぬ》のなまめかしい＊4青女房《あおにょうぼう》、数珠《じゅず》をかけた念仏僧《ねんぶつそう》、高足駄《たかあしだ》をはいた侍学生《さむらいがくしょう》、＊5細長《ほそなが》を着《き》た女《め》の童《わらわ》、＊6幣《みてぐら》をかざした＊7陰陽師《おんみょうじ》——いちいちかぞえたてておりましたら、とても際限《さいげん》はございますまい。とにかくそういういろいろの人間が、火と煙《けむり》とがさか巻《ま》くなかを、＊8牛頭馬頭《ごずめず》の＊9獄卒《ごくそつ》にさいなまれて、大風に吹《ふ》き散《ち》らされる落《お》ち葉《ば》のように、紛々《ふんぷん》と四方八方へ逃《に》げまよっているのでございます。＊10鋼叉《さすまた》に髪《かみ》をからまれて、蜘蛛《くも》よりも手足をちぢめている女は、神巫《かんなぎ》のたぐいででもございましょうか。手矛《てほこ》に胸《むね》をさし通されて、蝙蝠《かわほり》のようにさかさまになった男は、＊11生受領《なまずりょう》かなにかに相違《そうい》ございますまい。そのほかあるいは鉄《くろがね》の＊12笞《しもと》に打《う》たれるもの、あるいは＊13千《ち》引《び》きの盤石《ばんじゃく》に押《お》されるもの、あるいは怪鳥《けちょう》のくちばしにかけられるもの、あるいはま

＊1 殿上人《てんじょうびと》。殿上にのぼることを許《ゆる》された人　＊2 朝廷《ちょうてい》の公事《くじ》に、文武百官《ぶんぶひゃっかん》が着用《ちゃくよう》した正服《せいふく》　＊3 平安《へいあん》時代の女《にょう》房装束《ぼうしょうぞく》の一つ。単《ひとえ》の上、上衣《うわぎ》の下に、袿《うちぎ》を五枚かさねて着たもの。後《のち》、一枚の衣《ころも》を、袖口《そでぐち》とすそを五枚重《かさ》ねのように見える仕立《した》てにした　＊4 年が若《わか》く、ものなれない、身分も低い女官《にょかん》　＊5 貴族《きぞく》の子どもの着物　＊6 神にたてまつるものの総称《そうしょう》　＊7 陰陽寮《おんみょうりょう》に属《ぞく》し、うらないや、地相《ちそう》などをつかさどった者　＊8 地獄《じごく》にいるという、からだは人間とおなじで、頭は牛や馬の形をした鬼《おに》　＊9 地獄で亡者《もうじゃ》を苦しめるという鬼　＊10 乱暴者《らんぼうもの》をつかまえるときに用いた武器《ぶき》の一つ。木の柄《え》の先に、二またにわかれた鉄製《てっせい》の金具《かなぐ》をつけたもの　＊11 年が若《わか》くて、物事《ものごと》になれない国司《こくし》　＊12 罪人《ざいにん》を打つためのむち　＊13 千人もの人が引かなければ動かすことのできないほどの大きな石

た毒竜《どくりゅう》の顎《あぎと》に噛《か》まれるもの、――呵責《かしゃく》もまた罪人《ざいにん》の数におうじて、いくとおりあるかわかりません。

が、その中でもことに一つめだってすさまじく見えるのは、まるで獣《けもの》の牙《きば》のような刀樹《とうじゅ》のいただきをなかばかすめて、（その刀樹の梢《こずえ》にも、多くの亡者《もうじゃ》が累々《るいるい》と、五体をつらぬかれておりましたが）中空《なかぞら》から落《お》ちてくる一輛《りょう》の牛車《ぎっしゃ》でございましょう。地《じ》獄《ごく》の風に吹《ふ》きあげられた、その車のすだれの中には、*1女御《にょうご》、更衣《こうい》にもまごうばかり、きらびやかによそおった女房《にょうぼう》が、丈《たけ》の黒髪《くろかみ》を炎《ほのお》の中になびかせて、白いうなじをそらせながら、もだえ苦《くる》しんでおりますが、その女房の姿《すがた》と申《もう》し、また、燃《も》えしきっている牛車と申し、なに一つとして炎熱地獄《えんねつじごく》の責《せ》め苦《く》をしのばせないものはございません。言わばひろい画面《がめん》のおそろしさが、この一人の人物《じんぶつ》に集《あつ》まっているとでも申しましょうか。これを見るものの耳の底《そこ》には、自然《しぜん》とものすごい*2叫喚《きょうかん》の声がつたわってくるかとうたがうほど、*3入神《にゅうしん》のできばえでございました。

ああ、これでございます。これを描《か》くために、あのおそろしいできごとが起《お》こったのでございます。またさもなければいかに良秀《よしひで》でも、どうしてかようにいきいきと*4奈《な》

*1 ともに天皇《てんのう》の御寝所《ごしんじょ》につかえた女官《じょかん》。女御《にょうご》は中宮《ちゅうぐう》のつぎに位《くらい》し、更衣《こうい》は女御につぐ位　*2 わめきさけぶこと　*3 技術《ぎじゅつ》が、人間わざとは思われない霊妙《れいみょう》の域《いき》に達すること　*4 地獄《じごく》

落《らく》の苦艱《くげん》がえがかれましょう。あの男はこの屏風《びょうぶ》の絵をしあげたかわりに、命《いのち》さえも捨《す》てるような、むざんな目にであいました。言わばこの絵の地獄《じごく》は、本朝第一《ほんちょうだいいち》の絵師《えし》良秀《よしひで》が、自分でいつか堕《お》ちていく地獄だったのでございます。……

私はあのめずらしい地獄変《じごくへん》の屏風のことを申《もう》しあげますのを急《いそ》いだあまりに、あるいはお話の順序《じゅんじょ》を転倒《てんとう》いたしたかもしれません。が、これからまた引きつづいて、大殿様《おおとのさま》から地獄変を描《か》けと申すおおせをうけた良秀のことにうつりましょう。

七

良秀はそれから五－六か月の間、まるでお邸《やしき》へもうかがわないで、屏風の絵にばかりかかっておりました。あれほどの子ぼんのうがいざ絵を描くという段《だん》になりますと、娘《むすめ》の顔《かお》を見る気もなくなると申すのでございますから、不思議《ふしぎ》なものではございませんか。先刻《せんこく》申しあげました弟子《でし》の話では、なんでもあの男は、仕事《しごと》にとりかかりますと、まるで狐《きつね》でもついたようになるらしゅうございます。いや実際《じっさい》当時の風評《ふうひょう》に、良秀が画道《がどう》で名をなしたのは、福徳《ふくとく》の大神《おおがみ》に祈誓《きせい》をかけたからで、その証拠《しょうこ》にはあの男が絵を描《か》いているところを、そっと物《もの》かげからのぞいて見ると、かならず陰々《いんいん》として霊狐《れいこ》の姿《すがた》が、一匹《ぴき》ならず前後左右に、むらがっているのが見えるなどと申《もう》すものもございました。そのくらいでございますから、いざ画筆《えふで》を取《と》るとなると、その絵を描きあげるというよりほかは、なにもかも忘《わす》れてしまうのでございましょう。昼も夜も一《ひと》間《ま》にとじこもったきりで、めったに日の目を見たことはございません。――ことに地《じ》獄変《ごくへん》の屏風《びょうぶ》を描いたときには、こういう夢中《むちゅう》になり方が、はなはだしかったようでございます。

と申しますのはなにもあの男が、昼も*1蔀《しとみ》をおろした部屋《へや》の中で、結燈台《ゆいとうだい》の火の下に、秘密《ひみつ》の絵《え》の具《ぐ》を合わせたり、あるいは弟子《でし》たちを、*2水干《すいかん》やら狩衣《かりぎぬ》やら、さまざまに着《き》飾《かざ》らせて、その姿を一人ずつていねいに写《うつ》したり、――そういうことではございません。そのくらいのかわったことなら、べつにあの地獄変の屏風を描かなくとも、仕事《しごと》にかかっているときとさえ申《もう》しますと、いつでもやりかねない男なのでございます。いや、現《げん》に竜蓋寺《りゅうがいじ》の五趣生死《ごしゅしょうじ》の図を描きましたときなどは、あたりまえの人間なら、

＊1 格子《こうし》組《ぐ》みの裏《うら》に板をはり、日光や風雨をさえぎり、また外から内が透《す》けて見えるのを防《ふせ》ぐための戸 ＊2 狩《かり》衣《ぎぬ》系《けい》の装束《しょうぞく》。狩衣に似《に》ているが、丸組《まるぐ》みのひもを前襟《まええり》の上の角《かど》とうしろの襟の中央につけることと、菊《きく》とじを胸《むね》に一か所、うしろに四か所、いずれも二個ずつつけているところがちがう

わざと目をそらせていくあの往来《おうらい》の死骸《しがい》の前へ、ゆうゆうと腰《こし》をおろして、なかばくされかかった顔《かお》や手足を、髪《かみ》の毛一すじもたがえずに、写《うつ》してまいったことがございました。では、そのはなはだしい夢中《むちゅう》になり方とは、いったいどういうことを申《もう》すのか、さすがにおわかりにならない方もいらっしゃいましょう。それにはただいまくわしいことは申しあげている暇《ひま》もございませんが、おもな話をお耳にいれますと、だいたいまず、かような次第《しだい》なのでございます。

良秀《よしひで》の弟子《でし》の一人が（これもやはり、前に申した男でございますが）ある日絵《え》の具《ぐ》を溶《と》いておりますと、急《きゅう》に師匠《ししょう》がまいりまして、

「おれは少し昼寝《ひるね》をしようと思う。が、どうもこのごろは夢見《ゆめみ》がわるい。」

とこう申すのでございます。べつにこれはめずらしいことでもなんでもございませんから、弟子は手を休めずに、ただ、

「さようでございますか」と一とおりの挨拶《あいさつ》をいたしました。ところが良秀はいつになく寂《さび》しそうな顔をして、

「ついては、おれが昼寝をしている間中、枕《まくら》もとにすわっていてもらいたいのだが」

と、遠慮《えんりょ》がましく頼《たの》むではございませんか。弟子《でし》はいつになく、師匠《ししょう》が夢《ゆめ》なぞを気にするのは、不思議《ふしぎ》だと思いましたが、それもべつに造作《ぞうさ》のないことでございますから、

「よろしゅうございます」と申《もう》しますと、師匠はまだ心配《しんぱい》そうに、

「ではすぐに奥《おく》へきてくれ。もっともあとでほかの弟子がきても、おれの眠《ねむ》っているところへは入れないように」と、ためらいながら言いつけました。奥と申しますのは、あの男が画《え》を描《か》きます部屋《へや》で、その日も夜のように戸を立てきった中に、ぼんやりと灯《ひ》をともしながら、まだ焼き筆《*1やふで》で図《ず》取りだけしかできていない屏風《びょうぶ》が、ぐるりと立てまわしてあったそうでございます。さてここへまいりますと、良秀《よしひで》はひじを枕《まくら》にして、まるでつかれきった人間のように、すやすや、ねいってしまいましたが、ものの半時《*2はんとき》とたちませんうちに、枕もとにおります弟子の耳には、なんともかとも申しようのない、気味《きみ》の悪《わる》い声がはいりはじめました。

八

それがはじめはただ、声でございましたが、しばらくしますと、しだいにきれぎれ

＊1 下絵《したえ》をかくのに用《もち》いる筆。柳《やなぎ》などの木の先を焼《や》いて作った炭の筆　＊2 昔の時間のかぞえ方で、一時《いっとき》の半分。今の約一時間

なことばになって、言わばおぼれかかった人間が水の中でうなるように、かようなことを申《もう》すのでございます。

「なに、おれにこいと言うのだな。――どこへ――どこへこいと？　奈落《ならく》へこい。炎熱地獄《えんねつじごく》へこい。――だれだ。そう言う貴様《きさま》は。――貴様はだれだ――だれだと思ったら。」

弟子《でし》は思わず絵《え》の具《ぐ》を溶《と》く手をやめて、おそるおそる師匠《ししょう》の顔《かお》を、のぞくようにして透《す》かして見ますと、しわだらけな顔が白くなった上に、大粒《おおつぶ》な汗《あせ》をにじませながら、くちびるのかわいた、歯《は》のまばらな口をあえぐように大きくあけております。そうしてその口の中で、なにか糸でもつけて引っぱっているかとうたがうほど、目まぐるしく動《うご》くものがあると思いますと、それがあの男の舌《した》だったと申すではございませんか。きれぎれなことばはもとより、その舌からでてくるのでございます。

「だれだと思ったら――うん、貴様だな。おれも貴様だろうと思っていた。なに、迎《むか》えにきたと？　だからこい。奈落へこい。奈落には――おれの娘《むすめ》が待《ま》っている。」

そのとき、弟子の目には、もうろうとした異形《いぎょう》の影《かげ》が、屏風《びょうぶ》の面《おもて》をかすめて、むらむらとおりてくるように見えたほど、気味《きみ》のわるい心もちがいたしたそうでございます。もちろん弟子《でし》はすぐに良秀《よしひで》に手をかけて、力のあらんかぎりゆりおこしましたが、師匠《ししょう》はなお夢《ゆめ》うつつにひとりごとを言いつづけて、容易《ようい》に目のさめる気色《けしき》はございません。そこで弟子は思いきって、かたわらにあった筆洗《ひっせん》の水を、ざぶりとあの男の顔《かお》へあびせかけました。

「待《ま》っているから、この車へ乗《の》ってこい――この車へ乗って、奈落《ならく》へこい――」と言うことばがそれと同時に、のどをしめられるようなうめき声にかわったと思いますと、やっと良秀《よしひで》は目をあいて、針《はり》でさされたよりもあわただしく、やにわにそこへはね起《お》きましたが、まだ夢の中の異類異形《いるいいぎょう》が、まぶたのうしろを去《さ》らないのでございましょう。しばらくはただおそろしそうな目つきをして、やはり大きく口をあきながら、空《くう》を見つめておりましたが、やがてわれにかえったようすで、

「もういいから、あっちへ行ってくれ」と、こんどはいかにもそっけなく、言いつけるのでございます。弟子は、こう言うときにさからうと、いつでも大小言《おおこごと》を言われるので、そうそう師匠《ししょう》の部屋《へや》からでてまいりましたが、まだ明るい外の日の光を見たと

きには、まるで自分が悪夢からさめたような、ほっとした気がいたしておりました。

しかしこれなぞはまだよいほうなので、その後一月《ごひとつき》ばかりたってから、こんどはまたべつの弟子《でし》が、わざわざ奥《おく》へ呼《よ》ばれますと、良秀《よしひで》はやはりうす暗《くら》い油火《あぶらび》の光の中で、絵筆《えふで》を噛《か》んでおりましたが、いきなり弟子のほうへむきなおって、

「ご苦労《くろう》だが、また裸《はだか》になってもらおうか」と申すのでございます。これはそのときまでにも、どうかすると師匠《ししょう》が言いつけたことでございますから、弟子はさっそく衣《い》類《るい》をぬぎすてて、赤裸《あかはだか》になりますと、あの男は妙《みょう》に顔《かお》をしかめながら、

「わしは鎖《くさり》でしばられた人間が見たいと思うのだが、気《き》の毒《どく》でもしばらくのあいだ、わしのするとおりになっていてはくれまいか」と、そのくせ少しも気の毒らしいようすなどは見せずに、冷然《れいぜん》とこう申しました。元来《がんらい》この弟子は画筆《えふで》などをにぎるよりも、太刀《たち》でも持《も》ったほうがよさそうな、たくましい若者《わかもの》でございましたが、これにはさすがにおどろいたとみえて、あとあとまでもそのときの話をいたしますと、「これは師《し》匠《しょう》が気がちがって、私を殺《ころ》すのではないかと思いました」とくりかえして申《もう》したそう

でございます。が、良秀《よしひで》のほうでは相手《あいて》のぐずぐずしているのが、じれったくなってまいったのでございましょう。どこからだしたか、細い鉄《てつ》の鎖《くさり》をざらざらとたぐりながら、ほとんど飛《と》びつくような勢《いきお》いで、弟子《でし》の背《せ》なかへ乗《の》りかかりますと、いやおうなしにそのまま両腕《りょううで》をねじあげて、ぐるぐる巻《ま》きにいたしてしまいました。そうしてまたその鎖のはしを邪慳《じゃけん》にぐいと引きましたからたまりません。弟子のからだははずみを食って、いきおいよく床《ゆか》を鳴らしながら、ごろりとそこへ横《よこ》たおしにたおれてしまったのでございます。

九

そのときの弟子のかっこうは、まるで酒《さか》がめをころがしたようだとでも申《もう》しましょうか。なにしろ手も足もむごたらしく折《お》り曲《ま》げられておりますから、動《うご》くのはただ首《くび》ばかりでございます。そこへふとったからだ中の血《ち》が、鎖に循環《めぐり》をとめられたので、顔《かお》といわず胴《どう》といわず、いちめんに皮膚《ひふ》の色が赤みばしってまいるではございませんか。が、良秀にはそれもかくべつ気にならないと見えまして、その酒がめのようなからだのまわりを、あちこちとまわってながめながら、おなじような写真《しゃしん》の図を、なん枚《まい》となく描《か》いておりました。その間、しばられている弟子《でし》の身《み》が、どのくらい苦《くる》しかったかということは、なにもわざわざ取《と》りたてて申《もう》しあげるまでもございますまい。

が、もしなにごともおこらなかったといたしましたら、この苦しみはおそらくまだその上にも、つづけられたことでございましょう。幸《さいわ》い（と申しますより、あるいは不幸《ふこう》にと申したほうがよろしいかもしれません）しばらくいたしますと、部屋《へや》のすみにある壺《つぼ》のかげから、まるで黒い油《あぶら》のようなものが、一すじ細くうねりながら、流《なが》れだしてまいりました。それがはじめのうちはよほどねばりけのあるもののように、ゆっくり動《うご》いておりましたが、だんだんなめらかにすべりはじめて、やがてちらちら光りながら、鼻《はな》のさきまで流れついたのをながめますと、弟子は思わず、息《いき》を引いて、「蛇《へび》が――蛇が」とわめきました。そのときはまったくからだ中の血が一時に凍《こお》るかと思ったと申しますが、それも無理《むり》はございません。蛇は実際《じっさい》もう少しで、鎖《くさり》の食いこんでいる、うなじの肉《にく》へその冷《つめ》たい舌《した》のさきをふれようとしていたのでございます。この思いもよらないできごとには、いくら横道《おうどう》な良秀《よしひで》でも、ぎょっといたしたのでご

ざいましょう。あわてて画筆《えふで》を投《な》げすてながら、とっさに身《み》をかがめたと思うと、すばやく蛇《へび》の尾《お》をつかまえて、ぶらりとさかさまにつりさげました。蛇はつりさげられながらも、頭をあげて、きりきりと自分のからだへ巻《ま》きつきましたが、どうしてもあの男の手のところまではとどきません。

「おのれゆえに、あったら*1一筆《ひとふで》を仕損《しそん》じたぞ。」

良秀《よしひで》はいまいましそうにこうつぶやくと、蛇はそのまま部屋《へや》のすみの壺《つぼ》の中へほうりこんで、それからさも不承不承《ふしょうぶしょう》に、弟子《でし》のからだへかかっている鎖《くさり》をといてくれました。それもただといてくれたというだけで、かんじんの弟子のほうへは、やさしいことば一つかけてはやりません。おおかた弟子が蛇にかまれるよりも、写真《しゃしん》の一筆をあやまったのが、*2業腹《ごうはら》だったのでございましょう。――あとで聞きますと、この蛇もやはり姿《すがた》を写《うつ》すために、わざわざあの男が飼《か》っていたのだそうでございます。

これだけのことをお聞きになったのでも、良秀の気ちがいじみた、うす気味《きみ》のわるい夢中《むちゅう》になり方が、ほぼ、おわかりになったことでございましょう。ところが最後《さいご》にもう一つ、こんどはまだ十三‐四の弟子が、やはり地獄変《じごくへん》の屛風《びょうぶ》のおかげで、いわば命《いのち》

*1 おしいことに　*2 腹が立つこと

にもかかわりかねない、おそろしい目にであいました。その弟子《でし》は生まれつき色の白い女のような男でございましたが、ある夜のこと、なにげなく師匠《ししょう》の部屋《へや》へ呼《よ》ばれてまいりますと、良秀《よしひで》は燈台《とうだい》の火の下でてのひらになにやらなまぐさい肉《にく》をのせながら、見なれない一羽の鳥をやしなっているのでございます。大きさはまず、世《よ》の常《つね》の猫《ねこ》ほどでもございましょうか。そういえば、耳のように両方《りょうほう》へ突《つ》きでた羽毛《うもう》といい、琥珀《こはく》のような色をした、大きなまるい目といい、見たところもなんとなく猫に似《に》ておりました。

十

元来《がんらい》良秀という男は、なんでも自分のしていることにくちばしをいれられるのが大《だい》きらいで、先刻申《せんこくもう》しあげた蛇《へび》などもそうでございますが、自分の部屋《へや》の中になにがあるか、いっさいそういうことは弟子たちにも知らせたことがございません。でございますから、あるときは、机《つくえ》の上にされこうべがのっていたり、あるときはまた、銀《しろがね》の*椀《まり》や蒔絵《まきえ》の高坏《たかつき》がならんでいたり、そのとき描《か》いている画《え》しだいで、ずいぶん思い

＊水や酒などを盛《も》る土製《どせい》、または金属製《きんぞくせい》の器《うつわ》。今のわんのようなもの

もよらない物《もの》がでておりました。が、ふだんはかようような品《しな》を、いったいどこにしまっておくのか、それはまただれにもわからなかったそうでございます。あの男が福徳《ふくとく》の大神《おおがみ》の*冥助《みょうじょ》をうけているなどと申《もう》すうわさも、一つはたしかにそういうことが起《お》こりになっていたのでございましょう。

そこで弟子《でし》は、机《つくえ》の上のその異様《いよう》な鳥も、やはり地獄変《じごくへん》の屛風《びょうぶ》を描《か》くのに入用なにちがいないと、こうひとり考えながら、師匠《ししょう》の前へかしこまって、「なにかご用でございますか」と、うやうやしく申しますと、良秀《よしひで》はまるでそれが聞こえないように、あの赤いくちびるへ舌《した》なめずりをして、「どうだ、よく慣《な》れているではないか」と、鳥のほうへあごをやります。

「これはなんと言うものでございましょう。私はついぞまだ、見たことがございませんが。」

弟子はこう申《もう》しながら、この耳のある、猫《ねこ》のような鳥を、気味《きみ》わるそうにじろじろながめますと、良秀はあいかわらずいつものあざ笑《わら》うような調子《ちょうし》で、

「なに、見たことがない？　都育《みやこそだ》ちの人間はそれだからこまる。これは二、三日前に鞍《くら》

＊目に見えない神仏《しんぶつ》の助け

馬《ま》の猟師《りょうし》がわしにくれた耳木兎《みみずく》という鳥だ。ただ、こんなになれているのは、たくさんあるまい。」

こう言いながらあの男は、おもむろに手をあげて、ちょうど餌《え》を食べてしまった耳木兎の背中《せなか》の毛を、そっと下からなであげました。するとそのとたんでございます。鳥は急《きゅう》にするどい声で、短《みじか》く一声《ひとこえ》鳴いたと思うと、たちまち机《つくえ》の上から飛《と》びあがって、両脚《りょうあし》の爪《つめ》を張《は》りながら、いきなり弟子《でし》の顔《かお》へとびかかりました。もしそのとき、弟子が袖《そで》をかざして、あわてて顔をかくさなかったら、きっともう疵《きず》の一つや二つは負《お》わされておりましたろう。あっと言いながら、その袖を振《ふ》って、おいはらおうとするところを、耳木兎はかさにかかって、くちばしを鳴らしながら、また一突《ひとつ》き――弟子は師匠《ししょう》の前も忘《わす》れて、立ってはふせぎ、すわっては逐《お》い、思わずせまい部屋《へや》の中を、あちらこちらと逃《に》げまどいました。怪鳥《けちょう》ももとよりそれにつれて、高く低《ひく》くかけりながら、すきさえあればまっしぐらに目をめがけて飛《と》んできます。そのたびにばさばさと、すさまじく翼《つばさ》を鳴らすのが、落《お》ち葉《ば》の匂《にお》いだか、滝《たき》のしぶきだか、あるいはまた＊猿酒《さるざけ》の饐《す》えたいきれだか、なにやら怪《あや》しげなものの気配《けはい》をさそって、気味《きみ》のわるさといっ

＊猿《さる》が、木の穴《あな》や、岩のくぼんだところなどにたくわえておいた木の実が、自然に醗酵《はっこう》して、酒に似た味となったもの

たらございません。そういえばその弟子《でし》も、うす暗《ぐら》い油火《あぶらび》の光さえおぼろげな月明かりかと思われて、師匠《ししょう》の部屋《へや》がそのまま遠い山奥《やまおく》の、妖気《ようき》にとざされた谷のような、心細い気がしたとか申《もう》したそうでございます。

しかし弟子がおそろしかったのは、なにも耳木兎《みみずく》におそわれるという、そのことばかりではございません。いや、それよりもいっそう身《み》の毛《け》がよだったのは、師匠の良秀《よしひで》がそのさわぎを冷然《れいぜん》とながめながら、おもむろに紙をのべ筆《ふで》をねぶって、女のような少年が異形《いぎょう》な鳥にさいなまれる、物《もの》すごい有様《ありさま》を写《うつ》していたことでございます。弟子は一目《ひとめ》それを見ますと、たちまち言いようのないおそろしさにおびやかされて、実際《じっさい》一時は師匠のために、殺《ころ》されるのではないかとさえ、思ったと申しておりました。

十一

実際師匠に殺《ころ》されるということも、まったくないとは申されません。現《げん》にその晩《ばん》わざわざ弟子を呼《よ》びよせたのでさえ、じつは耳木兎をけしかけて、弟子の逃《に》げまわるありさまを写《うつ》そうという魂胆《こんたん》らしかったのでございます。でございますから、弟子は、師匠《ししょう》のようすを一目《ひとめ》見るが早いか、思わず両袖《りょうそで》に頭《あたま》をかくしながら、自分にもなんと言ったかわからないような悲鳴《ひめい》をあげて、そのまま部屋《へや》のすみの遣《や》り戸《ど》のすそへ、居《い》ずくまってしまいました。とその拍子《ひょうし》に、良秀《よしひで》もなにやらあわてたような声をあげて、立ちあがった気色《けしき》でございましたが、たちまち耳木兎《みみずく》の羽音がいっそう前よりもはげしくなって、物《もの》のたおれる音ややぶれる音が、けたたましく聞こえるではございませんか。これには弟子《でし》も二度《にど》、度を失《うしな》って、思わずかくしていた頭をあげて見ますと、部屋の中はいつかまっ暗《くら》になっていて、師匠の弟子たちを呼《よ》びたてる声が、その中でいらだたしそうにしております。

やがて弟子の一人が、遠くのほうで返事《へんじ》をして、それから灯《ひ》をかざしながら、急《いそ》いでやってまいりましたが、そのすすくさい明かりでながめますと、結燈台《ゆいとうだい》がたおれたので、床《ゆか》も畳《たたみ》もいちめんに油《あぶら》だらけになったところへ、さっきの耳木兎が片方《かたほう》のつばさばかり苦《くる》しそうにはためかしながら、ころげまわっているのでございます。良秀は机《つくえ》のむこうでなかばからだを起《お》こしたまま、さすがにあっけにとられたような顔《かお》をして、なにやら人にはわからないことを、ぶつぶつつぶやいておりました。——それも無理《むり》ではございません。あの耳木兎《みみずく》のからだには、まっ黒な蛇《へび》が一匹《ぴき》、くびから片方《かたほう》の翼《つばさ》へかけて、きりきりと巻《ま》きついているのでございます。おおかたこれは弟子《でし》が居《い》ずくまる拍子《ひょうし》に、そこにあった壺《つぼ》をひっくりかえして、その中の蛇がはいだしたのを、耳木兎がなまじいにつかみかかろうとしたばかりに、とうとうこういう大さわぎがはじまったのでございましょう。二人の弟子はたがいに目と目とを見合わせて、しばらくはただ、この不思議《ふしぎ》な光景《こうけい》をぼんやりながめておりましたが、やがて師匠《ししょう》に黙礼《もくれい》をして、こそこそ部屋《へや》へ引きさがってしまいました。蛇と耳木兎とがその後《ご》どうなったか、それはだれも知っているものはございません。――

こういうたぐいのことは、そのほかまだ、いくつとなくございました。前には申《もう》し落《お》としましたが、地獄変《じごくへん》の屏風《びょうぶ》を描《か》けというご沙汰《さた》があったのは、秋のはじめでございますから、それ以来《いらい》冬の末《すえ》まで、良秀《よしひで》の弟子たちは、たえず師匠《ししょう》の怪《あや》しげなふるまいにおびやかされていたわけでございます。が、その冬の末に良秀はなにか屏風の画《え》で、自由《じゆう》にならないことができたのでございましょう、それまでよりはいっそうようすも陰気《いんき》になり、物言《ものい》いも目に見えて、あらあらしくなってまいりました。と同時にまた屏風《びょうぶ》の画《え》も、下画《したえ》が八分《ぶ》どおりできあがったまま、さらにはかどる模様《もよう》はございません。いや、どうかするといままでに描《か》いたところさえ、塗《ぬ》り消《け》してもしまいかねない気色《けしき》なのでございます。

そのくせ、屏風のなにが自由《じゆう》にならないのだか、それはだれにもわかりません。まただれもわかろうとしたものもございますまい。前に色々なできごとに懲《こ》りている弟《で》子《し》たちは、まるで虎狼《とらおおかみ》と一つ檻《おり》にでもいるような心もちで、その後師匠《ししょう》の身《み》のまわりへは、なるべく近づかない算段《さんだん》をしておりましたから。

十二

したがってその間のことについては、べつにとりたてて申《もう》しあげるほどのお話もございません。もし強《し》いて申しあげるといたしましたら、それはあの強情《ごうじょう》な老爺《おやじ》が、なぜか妙《みょう》に涙《なみだ》もろくなって、人のいないところではときどきひとりで泣《な》いていたというお話くらいなものでございましょう。ことにある日、なにかの用で弟子の一人が、庭《にわ》さきへまいりましたときなぞは、廊下《ろうか》に立ってぼんやり春の近い空をながめている師《し》匠《しょう》の目が、涙《なみだ》でいっぱいになっていたそうでございます。弟子《でし》はそれを見ますと、かえってこちらがはずかしいような気がしたので、だまってこそこそ引きかえしたと申《もう》すことでございますが、五趣生死《ごしゅしょうじ》の図を描《か》くためには、道ばたの死骸《しがい》さえ写《うつ》したという、傲慢《ごうまん》なあの男が屛風《びょうぶ》の画《え》が思うように描けないくらいのことで、子供《こども》らしく泣《な》きだすなどと申すのはずいぶん異《い》なものでございませんか。

ところが一方良秀《よしひで》がこのように、まるで正気《しょうき》の人間とは思われないほど夢中《むちゅう》になって、屛風の絵を描いておりますうちに、また一方ではあの娘《むすめ》が、なぜかだんだん気鬱《きうつ》になって、私どもにさえ、涙をこらえているようすが、目にたってまいりました。それが元来愁《がんらいうれ》い顔《がお》の、色の白い、つつましやかな女だけに、こうなるとなんだかまつげが重《おも》くなって、目のまわりにくまがかかったような、よけい寂《さび》しい気がいたすのでございます。はじめはやれ父思いのせいだの、やれ恋《こい》わずらいをしているからだの、いろいろ憶測《おくそく》をいたしたものでございますが、中ごろから、なにあれは大殿様《おおとのさま》が御意《ぎょい》にしたがわせようとしていらっしゃるのだという評判《ひょうばん》がたちはじめて、それからはだれも忘《わす》れたように、ぱったりあの娘の噂《うわさ》をしなくなってしまいました。

ちょうどそのころのことでございましょう。ある夜、更《こう》が闌《た》けてから、私がひとりお廊下《ろうか》を通りかかりますと、あの猿《さる》の良秀《よしひで》がいきなりどこからか飛《と》んでまいりまして、私の袴《はかま》のすそをしきりにひっぱるのでございます。たしか、もう梅《うめ》の匂《にお》いでもいたしそうな、うすい月の光のさしている、暖《あたた》かい夜でございましたが、その明かりで透《す》かして見ますと、猿はまっ白な歯《は》をむきだしながら、鼻《はな》のさきへしわをよせて、気がちがわないばかりにけたたましく啼《な》きたてているではございませんか。私は気味《きみ》のわるいのが三分《ぶ》と、新しい袴をひっぱられる腹《はら》だたしさが七分《ぶ》とで、最初《さいしょ》は猿を蹴《け》はなして、そのまま通りすぎようかとも思いましたが、また思いかえしてみますと、前にこの猿を折檻《せっかん》して、若殿様《わかとのさま》のご不興《ふきょう》を受《う》けた侍《さむらい》の例《れい》もございます。それに猿のふるまいが、どうもただごととは思われません。そこでとうとう私も思いきって、そのひっぱるほうへ五―六間《けん》歩くともなく歩いてまいりました。

するとお廊下《ろうか》が一曲《ひとま》がりまがって、夜目《よめ》にもうす白いお池の水が枝《えだ》ぶりのやさしい松《まつ》のむこうにひろびろと見わたせる、ちょうどそこまでまいったときのことでございます。どこか近くの部屋《へや》の中で人のあらそっているらしい気配《けはい》が、あわただしく、ま

＊1 日没《にちぼつ》から日の出までのあいだを五等分してよぶ時刻《じこく》の名。初更《しょこう》、五更など　＊2 一間《けん》は約一・八メートル

た妙《みょう》にひっそりと私の耳をおびやかしました。あたりはどこもしんと静《しず》まりかえって、月明かりとも靄《もや》ともつかないもののなかで、魚のおどる音がするほかは、話し声一つ聞こえません。そこへこの物音《ものおと》でございますから、私は思わず立ちどまって、もし狼《ろう》藉者《ぜきもの》でもあったなら、目にもの見せてくれようと、そっとその遣《や》り戸《ど》の外へ、息《いき》をひそめながら身《み》をよせました。

十三

ところが猿《さる》は私のやり方がまだるかったのでございましょう。良秀《よしひで》はさもさももどかしそうに、二―三度《ど》私の足のまわりをかけまわったと思いますと、まるでのどを絞《し》められたような声で啼《な》きながら、いきなり私の肩《かた》のあたりへ一足飛《いっそくと》びに飛びあがりました。私は思わずうなじをそらせて、その爪《つめ》にかけられまいとする、猿はまた水干《すいかん》の袖《そで》にかじりついて、私のからだからすべり落《お》ちまいとする、――その拍子《ひょうし》に、私はわれ知らず二足三足《ふたあしみあし》よろめいて、その遣り戸へうしろざまに、したたか私のからだを打《う》ちつけました。こうなっては、もう一刻《いっこく》も躊躇《ちゅうちょ》している場合ではございません。私はやにわに遣《や》り戸《ど》をあけはなして、月明かりのとどかない奥《おく》のほうへおどりこもうといたしました。が、そのとき私の目をさえぎったものは――いや、それよりももっと私は、同時にその部屋《へや》の中から、はじかれたようにかけだそうとした女のほうにおどろかされました。女はであいがしらにあやうく私につきあたろうとして、そのまま外へころびでましたが、なぜかそこへひざをついて、息《いき》を切らしながら、私の顔《かお》を、なにかおそろしいものでも見るように、おののきおののき見あげているのでございます。

それが良秀《よしひで》の娘《むすめ》だったことは、なにもわざわざ申《もう》しあげるまでもございますまい。が、その晩《ばん》のあの女は、まるで人間がちがったように、いきいきと私の目にうつりました。目は大きくかがやいております。頬《ほお》も赤く燃《も》えておりましたろう。そこへしどけなく乱《みだ》れた袴《はかま》や袿《うちぎ》が、いつもの幼《おさな》さとはうってかわったなまめかしささえもそえております。これが実際《じっさい》あの弱々しい、なにごとにもひかえめがちな良秀の娘でございましょうか。――私は遣り戸に身《み》をささえて、この月明かりの中にいる美《うつく》しい娘の姿《すがた》をながめながら、あわただしく遠のいていくもう一人の足音を、指《ゆび》させるもののように指さして、だれですと静《しず》かに目でたずねました。

すると娘《むすめ》はくちびるを嚙《か》みながら、だまって首をふりました。そのようすがいかにもまたくやしそうなのでございます。

そこで私は身《み》をかがめながら、娘の耳へ口をつけるようにして、こんどは「だれです」と小声でたずねました。が、娘はやはり首を振《ふ》ったばかりで、なんとも返事《へんじ》をいたしません。いや、それと同時に長いまつげのさきへ、涙《なみだ》をいっぱいためながら、前よりもかたくくちびるを嚙みしめているのでございます。

性得《しょうとく》おろかな私には、わかりすぎているほどわかっていることのほかは、あいにくなに一つのみこめません。でございますから、私はことばのかけようも知らないで、しばらくはただ、娘の胸《むね》の動悸《どうき》に耳を澄《す》ませるような心もちで、じっとそこに立ちすくんでおりました。もっともこれは一つには、なぜかこの上問いただすのがわるいような、気とがめがいたしたからでもございます。――

それがどのくらいつづいたか、わかりません。が、やがてあけ放《はな》した遣《や》り戸《ど》をとざしながら、少しは上気《じょうき》のさめたらしい娘のほうを見かえって、「もう曹司《ぞうし》へお帰りなさい」とできるだけやさしく申《もう》しました。そうして私も自分ながら、なにか見てはならないものを見たような、不安《ふあん》な心もちにおびやかされて、だれにともなくはずかしい思いをしながら、そっともときたほうへ歩きだしました。ところが十歩と歩かないうちに、だれかまた私の袴《はかま》のすそを、うしろからおそるおそる、ひきとめるではございませんか。私はおどろいて、ふりむきました。あなたがたはそれがなんだったとおぼしめします?

見るとそれは私の足もとにあの猿《さる》の良秀《よしひで》が、人間のように両手《りょうて》をついて、黄金《こがね》の鈴《すず》を鳴らしながら、なんどとなくていねいに頭をさげているのでございました。

十四

するとその晩《ばん》のできごとがあってから、半月ばかりのちのことでございます。ある日良秀は突然《とつぜん》お邸《やしき》へまいりまして、大殿様《おおとのさま》へ直《じき》のお目通《めどお》りを願《ねが》いました。卑《いや》しい身分《みぶん》の者《もの》でございますが、日ごろからかくべつ御意《ぎょい》に入っていたからでございましょう。だれにでも容易《ようい》にお会《あ》いになったことのない大殿様が、その日もこころよくご承知《しょうち》になって、さっそく御前《ごぜん》近くへお召《め》しになりました。あの男は例《れい》のとおり香染《こうぞ》め*の狩衣《かりぎぬ》

＊丁子《ちょうじ》の煮汁《にじる》でそめた色で、丁子染《ちょうじぞ》めの別称《べっしょう》

になえた烏帽子《えぼし》をいただいて、いつもよりはいっそう気むずかしそうな顔《かお》をしながら、うやうやしく御前《ごぜん》へ平伏《へいふく》いたしましたが、やがてしわがれた声で申《もう》しますには、

「かねがねお言いつけになりました地獄変《じごくへん》の屏風《びょうぶ》でございますが、私も日夜《にちや》に丹誠《たんせい》をぬきんでて、筆《ふで》をとりましたかいが見えまして、もはやあらましはできあがったのも同前《どうぜん》でございまする。」

「それはめでたい。予《よ》も満足《まんぞく》じゃ。」

しかしこうおっしゃる大殿様《おおとのさま》のお声には、なぜか妙《みょう》に力のない、張《は》りあいのぬけたところがございました。

「いえ、それがいっこうめでたくはござりませせぬ」良秀《よしひで》は、やや腹《はら》だたしそうなようすでじっと目を伏《ふ》せながら、

「あらましはできあがりましたが、ただ一つ、いまもって私には描《か》けぬところがございまする。」

「なに、描けぬところがある？」

「さようでございまする。私は総《そう》じて、見たものでなければ描けませせぬ。よし描けて

も、得心《とくしん》がまいりませぬ。それでは描《か》けぬもおなじことでございませぬか。」

これをお聞きになると、大殿様《おおとのさま》のお顔《かお》には、あざけるような、御微笑《ごびしょう》が浮《う》かびました。

「では地獄変《じごくへん》の屏風《びょうぶ》を描こうとすれば、地獄を見なければなるまいな。」

「さようでございまする。が、私は先年大火事《おおかじ》がございましたときに、炎熱地獄《えんねつじごく》の猛《もう》火《か》にもまごう火の手を、目《ま》のあたりにながめました。『よじり不動《ふどう》』の火焔《かえん》を描きましたのも、じつはあの火事にあったからでございまする。御前《ごぜん》もあの絵はご承知《しょうち》でございましょう。」

「しかし罪人《ざいにん》はどうじゃ。獄卒《ごくそつ》は見たことがあるまいな」大殿様はまるで良秀《よしひで》の申《もう》すことがお耳にはいらなかったようなごようすで、こうたたみかけておたずねになりました。

「私は鉄《くろがね》の鎖《くさり》に縛《しば》られたものを見たことがございまする。怪鳥《けちょう》になやまされるものの姿《すがた》も、つぶさに写《うつ》しとりました。されば罪人《ざいにん》の呵責《かしゃく》に苦《くる》しむ様《さま》も知らぬと申《もう》されませぬ。また獄卒《ごくそつ》は――」と言って、良秀は気味《きみ》のわるい苦笑《くしょう》をもらしながら、

「また獄卒《ごくそつ》は、夢《ゆめ》うつつになんどとなく、私の目にうつりました。あるいは牛頭《ごず》、あるいは馬頭《めず》、あるいは*1三面六臂《さんめんろっぴ》の鬼《おに》の形が、音のせぬ手をたたき、声のでぬ口をひらいて、私をさいなみにまいりますのは、ほとんど毎日毎夜のことと申《もう》してもよろしゅうございましょう。——私の描《か》こうとして描けぬのは、そのようなものではございませぬ。」

それには大殿様《おおとのさま》も、さすがにおおどろきになったでございましょう。しばらくはただいらだたしそうに、良秀《よしひで》の顔《かお》をにらめておいでになりましたが、やがて眉《まゆ》をけわしくお動《うご》かしになりながら、

「ではなにが描けぬと申すのじゃ」とうっちゃるようにおっしゃいました。

十五

「私は屏風《びょうぶ》のただ中に、*2檳榔毛《びろうげ》の車が一輛《りょう》、空から落《お》ちてくるところを描こうと思っておりまする」良秀はこう言って、はじめてするどく大殿様のお顔をながめました。

*1 顔を三つと、腕《うで》を六本持っていること　*2 牛車《ぎっしゃ》の一種。白くさらした檳榔《びろう》の葉を裂《さ》いて、車の箱の屋根をふき、また側面《そくめん》を張りおおったもの。上皇《じょうこう》、公卿《くぎょう》、女房《にょうぼう》、僧《そう》などが用《もち》いた

あの男は画《え》のことと言うと、気ちがい同様になるとは聞いておりましたが、そのときの目のくばりにはたしかにさようなおそろしさがあったようでございます。

「その車の中には、一人のあでやかな上臈《*1じょうろう》が、猛火《もうか》の中に黒髪《くろかみ》を乱《みだ》しながら、もだえ苦《くる》しんでいるのでございまする。顔《かお》は煙《けむり》にむせびながら、眉《まゆ》をひそめて、そらざまに車蓋《*2やかた》をあおいでおりましょう。手は下簾《したすだれ》を引きちぎって、降《ふ》りかかる火《ひ》の粉《こ》の雨をふせごうとしているかもしれませぬ。そうしてそのまわりには、あやしげな鷙鳥《*3しちょう》が十羽となく、二十羽となく、くちばしを鳴らして紛々《ふんぷん》と飛《と》びめぐっているのでございまする。――ああ、それが、牛車《ぎっしゃ》の中の上臈が、どうしても私には描《か》けませぬ。」

「そうして――どうじゃ。」

大殿様《おおとのさま》はどういうわけか、妙《みょう》によろこばしそうな御気色《みけしき》で、こう良秀《よしひで》をおうながしになりました。が、良秀は例《れい》の赤いくちびるを熱《ねつ》でもでたときのようにふるわせながら、夢《ゆめ》を見ているのかと思う調子《ちょうし》で、

「それが私には描けませぬ」と、もう一度《ど》くりかえしましたが、突然嚙《とつぜんか》みつくような勢《いきお》いになって、

＊1 地位《ちい》、身分《みぶん》の高い女官《じょかん》　＊2 牛車《ぎっしゃ》の車箱《くるまばこ》の屋根　＊3 性質《せいしつ》のあらい肉食《にくしょく》の鳥

「どうか檳榔毛《びろうげ》の車を一輛《りょう》、私の見ている前で、火をかけていただきとうございまする。そうして、もしできまするならば――」

大殿様《おおとのさま》は、お顔《かお》を暗《くら》くなすったと思うと、突然《とつぜん》けたたましくお笑《わら》いになりました。そうしてそのお笑い声に息《いき》をつまらせながら、おっしゃいますには、

「おお、万事《ばんじ》その方《ほう》が申《もう》すとおりにいたしてつかわそう。できるできぬの詮議《せんぎ》は無益《むやく》の沙汰《さた》じゃ。」

私はそのおことばをうかがいますと、虫の知らせか、なんとなくすさまじい気がいたしました。実際《じっさい》また大殿様のごようすも、お口のはしには白く泡《あわ》がたまっておりますし、御眉《おんまゆ》のあたりにはびくびくと電《いなずま》が起《お》こっておりますし、まるで良秀《よしひで》のもの狂《ぐる》いにお染《そ》みなすったのかと思うほど、ただならなかったのでございます。それがちょいとことばをお切りになると、すぐまたなにかがはぜたような勢《いきお》いで、とめどなくのどを鳴らしてお笑《わら》いになりながら、

「檳榔毛の車にも火をかけよう。またその中にはあでやかな女を一人、上臈《じょうろう》のよそおいをさせて乗《の》せてつかわそう。炎《ほのお》と黒煙《くろけむり》とに攻《せ》められて、車の中の女が、もだえ死《じ》に

をする――それを描《か》こうと思いついたのは、さすがに天下第一《てんかだいいち》の絵師《えし》じゃ。ほめてとらす。おお、ほめてとらすぞ。」

大殿様《おおとのさま》のおことばを聞きますと、良秀《よしひで》は急《きゅう》に色を失《うしな》ってあえぐようにただ、くちびるばかり動《うご》かしておりましたが、やがてからだの中の筋《すじ》がゆるんだように、べたりと畳《たたみ》へ両手《りょうて》をつくと、

「ありがたい仕合《しあ》わせでございまする」と、聞こえるか聞こえないかわからないほど低《ひく》い声で、ていねいにお礼《れい》を申《もう》しあげました。これはおおかた自分の考えていたもくろみのおそろしさが、大殿様のおことばにつれてありありと目の前へ浮《う》かんできたからでございましょうか。私は一生のうちにただ一度、このときだけは良秀が、気《き》の毒《どく》な人間に思われました。

十六

それから二―三日した夜のことでございます。大殿様はお約束《やくそく》どおり、良秀をお召《め》しになって、檳榔毛《びろうげ》の車の焼《や》けるところを、目近《まぢか》く見せておやりになりました。もっと

もこれは堀川《ほりかわ》のお邸《やしき》であったことではございません。俗《ぞく》に雪解《ゆきげ》の御所《ごしょ》と言う、昔大殿《おおとの》様《さま》の妹君《いもうとぎみ》がいらしった洛外《らくがい》の山荘《さんそう》で、お焼《や》きになったのでございます。

　この雪解の御所と申《もう》しますのは、久《ひさ》しくどなたにもお住《す》まいにはならなかったところで、ひろいお庭《にわ》も荒《あ》れほうだい荒れはてておりましたが、おおかたこの人気《ひとけ》のないごようすを拝見《はいけん》したもののあて推量《ずいりょう》でございましょう。ここでお亡《な》くなりになった妹君のお身《み》の上《うえ》にも、とかくの噂《うわさ》がたちまして、中にはまた月のない夜ごと夜ごとに、今でも怪《あや》しい御袴《おんはかま》の緋《ひ》の色が、地にもつかずお廊下《ろうか》を歩むなどという取《と》りざたをいたすものもございました。――それも無理《むり》ではございません。昼でさえ寂《さび》しいこの御所は、一度《ど》日が暮《く》れたとなりますと、＊1遣《や》り水《みず》の音がひときわ陰《いん》にひびいて、星明《ほしあ》かりに飛《と》ぶ五位鷺《ごいさぎ》も、怪形《けぎょう》のものかと思うほど、気味《きみ》がわるいのでございますから。

　ちょうどその夜はやはり月のない、まっ暗《くら》な晩《ばん》でございましたが、＊2大殿油《おおとのあぶら》の灯影《ほかげ》でながめますと、縁《えん》に近く座《ざ》をおしめになった大殿様《おおとのさま》は、＊3浅黄《あさぎ》の直衣《のおし》に濃《こ》い紫《むらさき》の浮紋《うきもん》の

＊1 庭園《ていえん》に水をみちびいて、流れるようにしたもの　＊2 宮中《きゅうちゅう》や貴族《きぞく》の御殿《ごてん》でともす油火《あぶらび》の灯火《とうか》　＊3 平安《へいあん》時代以後、天皇《てんのう》、貴人《きじん》の用《もち》いたふだん着

*1指貫《さしぬき》をお召《め》しになって、白地の錦《にしき》の縁《ふち》をとった*2円座《わろうだ》に、高々とあぐらを組んでいらっしゃいました。その前後左右にお側《そば》のものどもが五－六人、うやうやしくいならんでおりましたのは、べつに取《と》りたてて申《もう》しあげるまでもございますまい。が、中に一人、めだってことありげに見えたのは、先年陸奥《みちのく》の戦《たたか》いに飢《う》えて人の肉《にく》を食って以来《いらい》、鹿《しか》の生《い》き角《づの》さえ裂《さ》くようになったという強力《ごうりき》の侍《さむらい》が、下に*3腹巻《はらま》きを着《き》こんだようすで、太刀《たち》を*4鴎尻《かもめじり》に佩《は》きそらせながら、ご縁《えん》の下にいかめしくつくばっていたことでございます。――それがみな、夜風になびく灯《ひ》の光で、あるいは明るくあるいは暗く、ほとんど夢《ゆめ》うつつをわかたない気色《けしき》で、なぜかものすごく見えわたっておりました。

その上にまた、お庭《にわ》に引きすえた檳榔毛《びろうげ》の車が、高い車蓋《やかた》にのっしりと暗《やみ》をおさえて、牛はつけず黒い轅《ながえ》をななめに*5榻《しじ》へかけながら、金物《かなもの》の黄金《こがね》を星のように、ちらちら光らせているのをながめますと、春とはいうもののなんとなく肌寒《はだざむ》い気がいたします。もっともその車の内は、浮線綾《ふせんりょう》の縁《ふち》をとった青簾《あおすだれ》が、重《おも》く封《ふう》じこめておりますか

*1 はかまの一種で、すそのまわりにひもを通し、はいてからひもをしぼって足首のところでくくる。衣冠《いかん》、または直衣《のうし》、狩衣《かりぎぬ》のときにはくはかま　*2 わらや、すげ、がまなどで、うずのようにまるく編《あ》んだ敷物《しきもの》　*3 鎧《よろい》の一種で、腹《はら》に巻いて背《せ》なかで合わせるようにしたもの　*4 かもめの尾羽《おばね》がはねているように、太刀《たち》の尻《しり》を、上にそりあげるようにして、腰《こし》にさげること　*5 車や輿《こし》のながえを乗せる台。牛車《ぎっしゃ》の乗りおりの際《さい》は、踏《ふ》み台にする

ら、轜《はこ》にはなにがはいっているかわかりません。そうしてそのまわりには*1仕丁《じちょう》たちが、てんでに燃《も》えさかる松明《まつ》をとって、煙《けむり》がお縁《えん》のほうへなびくのを気にしながら、子細《しさい》らしくひかえております。

当《とう》の良秀《よしひで》はややはなれて、ちょうどお縁のまむかいに、ひざまずいておりましたが、これはいつもの香染《こうぞ》めらしい狩衣《かりぎぬ》になえた揉烏帽子《もみえぼし》をいただいて、星空の重みに圧《お》されたかと思うくらい、いつもよりはなお小さく、見すぼらしげに見えました。そのうしろにまた一人おなじような烏帽子狩衣《えぼしかりぎぬ》のうずくまったのは、たぶん召《め》しつれた弟子《でし》の一人でもございましょうか。それがちょうど二人とも、遠いうす暗《くら》がりの中にうずくまっておりますので、私のいたお縁の下からは、狩衣の色さえ定《さだ》かにはわかりません。

十七

時刻《じこく》はかれこれ真夜中《まよなか》にも近かったでございましょう。*2林泉《りんせん》をつつんだ暗《やみ》がひっそりと声をのんで、一同のする息《いき》をうかがっているかと思う中には、ただかすかな夜風の

*1 雑役《ざつえき》にしたがう者　*2 林や泉水《せんすい》などのあるひろい庭園《ていえん》

渡《わた》る音がして、松明《まつ》の煙《けむり》がそのたびに煤《すす》くさい匂《にお》いを送《おく》ってまいります。大殿様《おおとのさま》はしばらくだまって、この不思議《ふしぎ》な景色《けしき》をじっとながめていらっしゃいましたが、やがてひざをおすすめになりますと、

「良秀《よしひで》」と、するどくお呼《よ》びかけになりました。

良秀はなにやらご返事《へんじ》をいたしたようでございますが、私の耳にはただ、うなるような声しか聞こえてまいりません。

「良秀。今宵《こよい》はその方《ほう》の望《のぞ》みどおり、車に火をかけて見せてつかわそう。」

大殿様はこうおっしゃって、お側《そば》のものたちのほうを流《なが》し眄《め》にごらんになりました。その時なにか大殿様とお側のだれかれとのあいだには、意味《いみ》ありげな微笑《びしょう》がかわされたようにも見うけましたが、これはあるいは私の気のせいかもわかりません。すると良秀はおそるおそる頭《かしら》をあげてお縁《えん》の上をあおいだらしゅうございますが、やはりなにも申《もう》しあげずにひかえております。

「よう見い。それは予《よ》が日ごろ乗《の》る車じゃ。その方も覚《おぼ》えがあろう。予は——その車にこれから火をかけて、目《ま》のあたりに炎熱地獄《えんねつじごく》を現《げん》ぜさせるつもりじゃが。」

大殿様《おおとのさま》はまたことばをおやめになって、お側《そば》のものたちにめくばせをなさいました。それから急《きゅう》ににがにがしいご調子《ちょうし》で、

「その中には罪人《ざいにん》の女房《にょうぼう》が一人、縛《いまし》めたまま乗《の》せてある。されば車に火をかけたら、必定《ひつじょう》その女めは肉《にく》を焼《や》き骨《ほね》を焦《こ》がして、四苦八苦《しくはっく》の最期《さいご》をとげるであろう。その方《ほう》が屏風《びょうぶ》をしあげるには、またとないよい手本じゃ。雪のような肌《はだ》が燃《も》えただれるのを見のがすな。黒髪《くろかみ》が火《ひ》の粉《こ》になって、舞《ま》いあがるさまもよう見ておけ。」

大殿様は、三度《ど》口をおつぐみになりましたが、なにをお思いになったのか、こんどはただ肩《かた》をゆすって、声もたてずにお笑《わら》いなさりながら、

「末代《まつだい》までもない観物《みもの》じゃ。予《よ》もここで見物《けんぶつ》しよう。それそれ、簾《すだれ》をあげて、良秀《よしひで》に中の女を見せてつかわさぬか。」

おおせを聞くと仕丁《じちょう》の一人は、片手《かたて》に松《まつ》明の火を高くかざしながら、つかつかと車に近づくと、やにわに片手をさし伸《の》ばして、簾をさらりとあげて見せました。けたたましく音をたてて燃える松明の光は、一しきり赤くゆらぎながら、たちまちせまい輀《はこ》の中をあざやかにてらしだしましたが、輀《とこ》の上にむごたらしく、鎖《くさり》にかけられた女房《にょうぼう》

は——ああ、だれか見ちがえをいたしましょう。きらびやかな繡《ぬい》のある桜《さくら》*1唐衣《からぎぬ》に、*2すべらかしの黒髪《くろかみ》があでやかにたれて、うちかたむいた黄金《こがね》の*3釵子《さいし》も美《うつく》しく輝《かがや》いて見えましたが、身《み》なりこそちがえ、小づくりなからだつきは、猿《さる》ぐつわのかかったようなじのあたりは、そうしてあの寂《さび》しいくらいつつましやかな横顔《よこがお》は、良秀《よしひで》の娘《むすめ》に相違《そうい》ございません。私は、あやうく叫《さけ》び声《ごえ》をたてようといたしました。

そのときでございます。私とむかいあっていた侍《さむらい》はあわただしく身を起《お》こして、柄頭《つかがしら》を片手《かたて》におさえながら、きっと良秀のほうをにらみました。それにおどろいてながめますと、あの男はこの景色《けしき》に、なかば正気《しょうき》を失《うしな》ったのでございましょう。今まで下にうずくまっていたのが、急《きゅう》に飛《と》びたったと思いますと、両手《りょうて》を前へ伸《の》ばしたまま、車のほうへ思わず知らず走りかかろうといたしました。ただあいにく前にも申《もう》しましたとおり、遠い影《かげ》の中におりますので、顔貌《かおかたち》ははっきりとわかりません。しかしそう思ったのはほんの一瞬間《いっしゅんかん》で、色を失った良秀の顔は、いや、まるでなにか目に見えない力が宙《ちゅう》へつりあげたような良秀の姿《すがた》は、たちまちうす暗《くら》がりを切りぬいてありありと眼前《がんぜん》へ浮《う》かびあがりました。娘を乗せた檳榔毛《びろうげ》の車が、このとき、「火をかけい」

*1 平安《へいあん》時代の、貴婦人《きふじん》の正装《せいそう》。上衣《うわぎ》の上に着た　*2 婦人が、髪《かみ》の毛をうしろに長くたれおろしたもの
*3 宮中《きゅうちゅう》で女性が礼装《れいそう》するとき、髪《かみ》にさして飾《かざ》りとするもの。金属《きんぞく》でできた細長い二本足のかんざし

と言う大殿様《おおとのさま》のおことばとともに、仕丁《じちょう》たちが投《な》げる松明《まつ》の火をあびて炎々《えんえん》と燃《も》えあがったのでございます。

十八

火はみるみるうちに、車蓋《やかた》をつつみました。庇《ひさし》についた紫《むらさき》の流蘇《ふさ》が、あおられたようにさっとなびくと、その下からもうもうと夜目《よめ》にも白い煙《けむり》がうずを巻《ま》いて、あるいはすだれ、あるいは袖《そで》、あるいは棟《むね》の金物《かなもの》が、一時にくだけて飛《と》んだかと思うほど、火《ひ》の粉《こ》が雨のように舞《ま》いあがる――そのすさまじさといったらございません。いや、それよりもめらめらと舌《した》を吐《は》いて*袖格子《そでごうし》にからみながら、半空《なかぞら》までも立ちのぼる烈々《れつれつ》とした炎《ほのお》の色は、まるで日輪《にちりん》が地に落《お》ちて、天火《てんか》がほとばしったようだとでも申《もう》しましょうか。前にあやうく叫《さけ》ぼうとした私も、いまはまったく魂《たましい》を消《け》して、ただ茫然《ぼうぜん》と口をひらきながら、このおそろしい光景《こうけい》を見守《みまも》るよりほかはございませんでした。しかし親の良秀《よしひで》は――

良秀のそのときの顔《かお》つきは、いまでも私は忘《わす》れません。思わず知らず車のほうへ駆《か》

＊牛車《ぎっしゃ》の前後左右の口の裏側《うらがわ》についている格子《こうし》

けようとしたあの男は、火が燃《も》えあがると同時に、足をとめて、やはり手をさし伸《の》ばしたまま、食いいるばかりの目つきをして、車をつつむ焔煙《えんえん》を吸《す》いつけられたようにながめておりましたが、満身《まんしん》にあびた火の光で、しわだらけなみにくい顔《かお》は、ひげのさきまでもよく見えます。が、その大きく見ひらいた目の中といい、ひきゆがめたくちびるのあたりといい、あるいはまた絶《た》えずひきつっている頬《ほお》の肉《にく》のふるえといい、良秀の心にこもごも往来《おうらい》するおそれと悲《かな》しみとおどろきとは、歴々《れきれき》と顔に描《か》かれました。首をはねられる前の盗人《ぬすびと》でも、乃至《ないし》は十王《じゅうおう》の庁《ちょう》へ引きだされた、十逆五悪《じゅうぎゃくごあく》の罪人《ざいにん》でも、ああまで苦《くる》しそうな顔はいたしますまい。これにはさすがにあの強力《ごうりき》の侍《さむらい》でさえ、思わず色をかえて、おそるおそる大殿様《おおとのさま》のお顔をあおぎました。

が、大殿様はかたくくちびるをお噛《か》みになりながら、時々気味《きみ》わるくお笑《わら》いになって、目も放《はな》さずじっと車のほうをお見つめになっていらっしゃいます。そうして、その車の中には——ああ、私はそのとき、その車にどんな娘《むすめ》の姿《すがた》をながめたか、それをくわしく申《もう》しあげる勇気《ゆうき》は、とうていあろうとも思われません。あの煙《けむり》にむせんであおむけた顔の白さ、炎《ほのお》をはらってふりみだれた髪《かみ》の長さ、それからまた見るまに火とかわっていく、桜《さくら》の唐衣《からぎぬ》の美《うつく》しさ、——なんと言うむごたらしい景色《けしき》でございましたろう。ことに夜風が一《ひと》おろしして、煙《けむり》がむこうへなびいたとき、赤い上に金粉《きんぷん》をまいたような、炎《ほのお》の中から浮《う》きあがって、猿《さる》ぐつわを噛《か》みながら、縛《いましめ》の鎖《くさり》も切れるばかり身《み》もだえをしたありさまは、地獄《じごく》の業苦《ごうく》を目《ま》のあたりへ写《うつ》しだしたかと疑《うたが》われて、私はじめ強力《ごうりき》の侍《さむらい》までおのずと身《み》の毛《け》がよだちました。

するとその夜風がまた一渡《ひとわた》り、お庭《にわ》の木々の梢《こずえ》にさっとかよう——とだれでも、思いましたろう。そういう音が暗《くら》い空を、どこともしらず走ったと思うと、たちまちなにか黒いものが、地にもつかず宙《ちゅう》にも飛《と》ばず、鞠《まり》のようにおどりながら、御所《ごしょ》の屋根《やね》から火の燃《も》えさかる車の中へ、一文字《いちもんじ》に飛びました。そうして朱塗《しゅぬ》りのような袖格子《そでごうし》が、ばらばらと焼《や》け落《お》ちる中に、のけぞった娘《むすめ》の肩《かた》を抱《だ》いて、絹《きぬ》を裂《さ》くようなするどい声を、なんともいえず苦《くる》しそうに、長く煙の外へ飛ばせました。つづいてまた、二《ふた》声三声《こえみこえ》——私たちはわれ知らず、あっと同音に叫《さけ》びました。*壁代《かべしろ》のような炎をうしろにして、娘の肩にすがっているのは、堀川《ほりかわ》のお邸《やしき》につないであった、良秀《よしひで》とあだ名のある、猿《さる》だったのでございますから。

＊宮殿《きゅうでん》などで、壁《かべ》がわりにたらした幕《まく》

十九

が、猿《さる》の姿《すがた》が見えたのは、ほんの一瞬間《いっしゅんかん》でございました。*金梨子地《きんなしじ》のような火《ひ》の粉《こ》が一しきり、ぱっと空へあがったかと思ううちに、猿はもとより娘《むすめ》の姿も、黒煙《くろけむり》の底《そこ》にかくされて、お庭《にわ》のまん中にはただ、一輛《りょう》の火の車がすさまじい音をたてながら、燃《も》えたぎっているばかりでございます。いや、火の車と言うよりも、あるいは火の柱《はしら》と言ったほうが、あの星空を衝《つ》いて煮《に》えかえる、おそろしい火焔《かえん》のありさまにはふさわしいかもしれません。

その火の柱を前にして、凝《こ》りかたまったように立っている良秀《よしひで》は、――なんという不思議《ふしぎ》なことでございましょう。あのさっきまで地獄《じごく》の責《せ》め苦《く》になやんでいたような良秀は、今は言いようのない輝《かがや》きを、さながら恍惚《こうこつ》とした法悦《ほうえつ》の輝きを、しわだらけな満面《まんめん》に浮《う》かべながら、大殿様《おおとのさま》の御前《ごぜん》も忘《わす》れたのか、両腕《りょううで》をしっかり胸《むね》に組んで、たたずんでいるではございませんか。それがどうもあの男の目の中には、娘のもだえ死《し》ぬありさまが映《うつ》っていないようなのでございます。ただ美《うつく》しい火焔の色と、その中に

＊蒔絵《まきえ》の一種で、金粉《きんぷん》をまいた梨子地《なしじ》。梨子地は、金銀《きんぎん》の粉末《ふんまつ》を梨の実の皮《かわ》のはんてんのように散らした上に、梨子地漆《うるし》をぬってとぎだしたもの

苦《くる》しむ女人《にょにん》の姿《すがた》とが、限《かぎ》りなく心を喜《よろこ》ばせる——そういう景色《けしき》に見えました。

しかも不思議《ふしぎ》なのは、なにもあの男が一人娘《ひとりむすめ》の断末魔《だんまつま》をうれしそうにながめていた、そればかりではございません。そのときの良秀《よしひで》には、なぜか人間とは思われない、夢《ゆめ》に見る獅子王《ししおう》の怒《いか》りに似《に》た怪《あや》しげなおごそかさがございました。でございますから不《ふ》意《い》の火の手におどろいて、なきさわぎながら飛《と》びまわる数の知れない夜鳥《よどり》でさえ、気のせいか良秀の揉烏帽子《もみえぼし》のまわりへは、近づかなかったようでございます。おそらくは無心《むしん》の鳥の目にも、あの男の頭《かしら》の上に、円光《えんこう》のごとくかかっている、不思議な威厳《いげん》が見えたのでございましょう。

鳥でさえそうでございます。まして私たちは仕丁《じちょう》までも、みな息《いき》をひそめながら、身《み》の内《うち》もふるえるばかり、異様《いよう》な随喜《ずいき》の心にみちみちて、まるで開眼《かいげん》の仏《ぶつ》でも見るように、目をはなさず、良秀を見つめました。空いちめんに鳴りわたる車の火と、それに魂《たましい》をうばわれて、立ちすくんでいる良秀と——なんという荘厳《しょうごん》、なんという歓喜《かんき》でございましょう。が、その中でたった一人、お縁《えん》の上の大殿様《おおとのさま》だけは、まるで別人《べつじん》かと思われるほど、お顔《かお》の色も青ざめて、口もとに泡《あわ》をおためになりながら、紫《むらさき》の指貫《さしぬき》のひざを両手《りょうて》にしっかりおつかみになって、ちょうどのどのかわいた獣《けもの》のようにあえぎつづけていらっしゃいました。……

二十

その夜雪解《ゆきげ》の御所《ごしょ》で、大殿様《おおとのさま》が車をお焼《や》きになったことは、だれの口からともなく世上《せじょう》へもれましたが、それについてはずいぶんいろいろな批判《ひはん》をいたすものもおったようでございます。まず第一《だいいち》になぜ大殿様が良秀《よしひで》の娘《むすめ》をお焼《や》き殺《ころ》しなすったか、――これは、かなわぬ恋《こい》の恨《うら》みからなすったのだという噂《うわさ》が、いちばん多うございました。が、大殿様のおぼしめしは、まったく車を焼き人を殺《ころ》してまでも、屏風《びょうぶ》の画《え》を描《か》こうとする絵師根性《えしこんじょう》のよこしまなのをこらすおつもりだったのに相違《そうい》ございません。現《げん》に私は、大殿様が御口《おんくち》づからそうおっしゃるのをうかがったことさえございます。

それからあの良秀が、目前《もくぜん》で娘を焼き殺されながら、それでも屏風の画を描きたいというその木石《ぼくせき》のような心もちが、やはりなにかとあげつらわれたようでございます。中にはあの男をののしって、画《え》のために親子の情愛《じょうあい》も忘《わす》れてしまう、人面獣心《にんめんじゅうしん》の曲者《くせもの》だなどと申《もう》すものもございました。あの横川《よかわ》の僧都様《そうずさま》などは、こういう考えに味方《みかた》をなすったお一人で、「いかに一芸《げい》一能《のう》にひいでようとも、人として五常《*ごじょう》をわきまえねば、地獄《じごく》に堕《お》ちるほかはない」などとおっしゃったものでございます。

ところがその後一月《ひとつき》ばかりたって、いよいよ地獄変《じごくへん》の屏風《びょうぶ》ができあがりますと、良《よし》秀《ひで》はさっそくそれをお邸《やしき》へ持《も》ってでて、うやうやしく大殿様《おおとのさま》のごらんに供《そな》えました。ちょうどそのときは僧都様もお居合《いあ》わせになりましたが、屏風の画《え》を一目《ひとめ》ごらんになりますと、さすがにあの一帖《じょう》の天地に吹《ふ》きすさんでいる火の嵐《あらし》のおそろしさにおおどろきなすったのでございましょう。それまでは苦《にが》い顔《かお》をなさりながら、良秀のほうをじろじろにらみつけていらしったのが、思わず知らずひざを打《う》って、「でかしおった」とおっしゃいました。このことばをお聞きになって、大殿様が苦笑《くしょう》なすったときのごようすも、いまだに私は忘《わす》れません。

それ以来《いらい》あの男をわるく言うものは、少なくともお邸《やしき》の中だけでは、ほとんど一人もいなくなりました。だれでもあの屏風を見るものは、いかに日ごろ良秀を憎《にく》く思っているにせよ、不思議《ふしぎ》におごそかな心もちに打《う》たれて、炎熱地獄《えんねつじごく》の大苦艱《だいくげん》を如実《にょじつ》に感《かん》

＊儒教《じゅきょう》で、人の常《つね》にまもるべき五つの道。仁《じん》・義《ぎ》・礼《れい》・智《ち》・信《しん》

じるからでもございましょうか。

しかしそうなった時分には、良秀《よしひで》はもうこの世《よ》にない人の数《かず》にはいっておりました。それも屏風《びょうぶ》のできあがったつぎの夜《よ》に、自分の部屋《へや》の梁《はり》へ縄《なわ》をかけて、くびれ死《し》んだのでございます。一人娘《ひとりむすめ》を先立てたあの男は、おそらく安閑《あんかん》として生きながらえるのに堪《た》えなかったのでございましょう。死骸《しがい》はいまでもあの男の家の跡《あと》に埋《うず》まっております。もっとも小さな標《しるし》の石は、そののち何十年かの雨風《あめかぜ》にさらされて、とうの昔《むかし》だれの墓《はか》とも知れないように、苔《こけ》むしているにちがいございません。

魔《ま》術《じゅつ》

ある時雨《しぐれ》の降《ふ》る晩《ばん》のことです。私を乗《の》せた人力車《じんりきしゃ》は、なんども大森界隈《おおもりかいわい》のけわしい坂《さか》をのぼったりおりたりして、やっと竹やぶにかこまれた、小さな西洋館《せいようかん》の前に梶棒《かじぼう》をおろしました。もうねずみ色のペンキのはげかかった、せま苦《くる》しい玄関《げんかん》には、車夫《しゃふ》のだした提燈《ちょうちん》のあかりで見ると、インド人マテイラム・ミスラと日本字で書いた、これだけは新しい、瀬戸物《せともの》の標札《ひょうさつ》がかかっています。

マテイラム・ミスラ君《くん》といえば、もうみなさんの中にも、ごぞんじの方《かた》が少なくないかもしれません。ミスラ君は永年《ながねん》インドの独立《どくりつ》をはかっているカルカッタ生まれの愛国者《あいこくしゃ》で、同時にまたハッサン・カンという名高《なだか》い*婆羅門《ばらもん》の秘法《ひほう》を学んだ、年の若《わか》い魔術《まじゅつ》の大家《たいか》なのです。私はちょうど一月《ひとつき》ばかり以前《いぜん》から、ある友人の紹介《しょうかい》でミスラ君《くん》

＊バラモン教のこと。仏教以前にインドでバラモン階級を中心におこなわれた民族宗教で、犠牲《ぎせい》を重んじ、難行苦行《なんぎょうくぎょう》、操行潔白《そうこうけっぱく》を旨《むね》とした

と交際《こうさい》していましたが、政治経済《せいじけいざい》の問題《もんだい》などはいろいろ議論《ぎろん》したことがあっても、かんじんの魔術《まじゅつ》を使《つか》うときには、まだ一度《ど》もいあわせたことがありません。そこで今夜《こんや》は前もって、魔術を使って見せてくれるように、手紙でたのんでおいてから、当時ミスラ君の住《す》んでいた、さびしい大森《おおもり》の町はずれまで、人力車《じんりきしゃ》をいそがせてきたのです。

私は雨にぬれながら、おぼつかない車夫《しゃふ》の提燈《ちょうちん》のあかりをたよりにその標札《ひょうさつ》の下にある呼《よ》び鈴《りん》のボタンをおしました。するとまもなく戸があいて、玄関《げんかん》へ顔をだしたのは、ミスラ君のせわをしている、背《せ》の低《ひく》い日本人のお婆《ばあ》さんです。

「ミスラ君はおいでですか。」

「いらっしゃいます。さきほどからあなた様《さま》をお待《ま》ちかねでございました。」

お婆さんは愛想《あいそ》よくこう言いながら、すぐその玄関のつきあたりにある、ミスラ君の部屋《へや》へ私を案内《あんない》しました。

「こんばんは、雨の降《ふ》るのによくおいででした。」

色のまっ黒な、目の大きい、やわらかな口ひげのあるミスラ君は、テエブルの上にある石油《せきゆ》ランプの心《しん》をねじりながら、元気よく私に挨拶《あいさつ》しました。

「いや、あなたの魔術《まじゅつ》さえ拝見《はいけん》できれば、雨ぐらいはなんともありません。」

私は椅子《いす》に腰《こし》かけてから、うす暗《ぐら》い石油ランプの光に照《て》らされた、陰気《いんき》な部屋《へや》の中を見まわしました。

ミスラ君《くん》の部屋は質素《しっそ》な西洋間《せいようま》で、まんなかにテエブルが一つ、壁《かべ》ぎわに手ごろな書棚《しょだな》が一つ、それから窓《まど》の前に机《つくえ》が一つ――ほかにはただわれわれの腰をかける、椅子がならんでいるだけです。しかもその椅子や机が、みんな古ぼけた物ばかりで、縁《ふち》へ赤く花模様《はなもよう》を織《お》りだした、はでなテエブルかけでさえ、今にもずたずたにさけるかと思うほど、糸目《いとめ》があらわになっていました。

私たちは挨拶《あいさつ》をすませてから、しばらくは外の竹やぶに降《ふ》る雨の音を聞くともなく聞いていましたが、やがてまたあの召使《めしつかい》のお婆《ばあ》さんが、紅茶《こうちゃ》の道具《どうぐ》を持《も》ってはいってくると、ミスラ君は葉巻《はまき》の箱《はこ》のふたをあけて、

「どうです。一本」とすすめてくれました。

「ありがとう。」

私は遠慮《えんりょ》なく葉巻を一本取《と》って、マッチの火をうつしながら、

「たしかあなたのお使《つか》いになる精霊《せいれい》は、ジンとかいう名前でしたね。するとこれから私が拝見《はいけん》する魔術《まじゅつ》というのも、そのジンの力を借《か》りてなさるのですか。」

ミスラ君《くん》は自分も葉巻《はまき》へ火をつけると、にやにや笑《わら》いながら、匂《にお》いのいい煙《けむり》をはいて、

「ジンなどという精霊があると思ったのは、もう何百年も昔《むかし》のことです。アラビア夜《や》話《わ》の時代《じだい》のこととでも言いましょうか。私がハッサン・カンから学んだ魔術は、あなたでも使おうと思えば使えますよ。たかが進歩《しんぽ》した催眠術《さいみんじゅつ》にすぎないのですから。――ごらんなさい。この手をただ、こうしさえすればよいのです。」

ミスラ君は手をあげて、二‐三度《ど》私の目の前へ三角形のようなものを描《か》きましたが、やがてその手をテエブルの上へやると、縁《ふち》へ赤く織《お》りだした模様《もよう》の花をつまみあげました。私はびっくりして、思わず椅子《いす》をずりよせながら、よくよくその花をながめましたが、たしかにそれは今の今まで、テエブルかけの中にあった花模様《はなもよう》の一つにちがいありません。が、ミスラ君がその花を私の鼻《はな》の先へ持《も》ってくると、ちょうど麝香《じゃこう》[*2]かなにかのように重苦《おもくる》しい匂《にお》いさえするのです。私はあまりの不思議《ふしぎ》さに、なんども感《かん》

[*1] アラビアン・ナイト。千夜一夜物語。インド・ペルシア起源《きげん》の物語や近東諸地方《きんとうしょちほう》の物語集

[*2] 雄《おす》の麝香鹿《じゃこうじか》からとる香料《こうりょう》。黒褐色《こくかっしょく》の粉末《ふんまつ》で、匂《にお》いが強烈《きょうれつ》、薬用《やくよう》としても使われる

嘆《たん》の声をもらしますと、ミスラ君《くん》はやはり微笑《びしょう》したまま、また無造作《むぞうさ》にその花をテエブルかけの上へ落《お》としました。もちろん落とすともとのとおり花は織《お》りだした模様《もよう》になって、つまみあげることどころか、花びら一つ自由《じゆう》には動《うご》かせなくなってしまうのです。「どうです。わけはないでしょう。こんどは、このランプをごらんなさい。」

ミスラ君はこう言いながら、ちょいとテエブルの上のランプを置《お》きなおしましたが、その拍子《ひょうし》にどういうわけか、ランプはまるで独楽《こま》のように、ぐるぐるまわりはじめました。それもちゃんと一所《ひとところ》にとまったまま、ホヤを心棒《しんぼう》のようにして、いきおいよくまわりはじめたのです。はじめのうちは私も胆《きも》をつぶして、万一火事《まんいちかじ》にでもなってはたいへんだと、なんどもひやひやしましたが、ミスラ君は静《しず》かに紅茶《こうちゃ》を飲《の》みながら、いっこうさわぐようすもありません。そこで私もしまいには、すっかり度胸《どきょう》がすわってしまって、だんだん早くなるランプの運動《うんどう》を、目もはなさずながめていました。

また実際《じっさい》ランプの蓋《かさ》が風をおこしてまわる中に、黄色《きいろ》いほのおがたった一つ、またたきもせずにともっているのは、なんとも言えず美《うつく》しい、不思議《ふしぎ》な見物《みもの》だったのです。が、そのうちにランプのまわるのがいよいよすみやかになっていって、とうとうまわっているとは見えないほど、澄《す》みわたったと思いますと、いつのまにか、前のようにホヤ一つゆがんだ気色《けしき》もなく、テエブルの上にすわっていました。

「おどろきましたか。こんなことはほんの子供《こども》だましですよ。それともあなたがお望《のぞ》みなら、もう一つ何かごらんにいれましょう。」

ミスラ君《くん》はうしろをふりかえって、壁《かべ》ぎわの書棚《しょだな》をながめましたが、やがてそのほうへ手をさしのばして、まねくように指《ゆび》を動《うご》かすと、こんどは書棚にならんでいた書《しょ》物《もつ》が一冊《さつ》ずつ動きだして、自然《しぜん》にテエブルの上まで飛《と》んできました。そのまた飛び方が両方《りょうほう》へ表紙《ひょうし》をひらいて、夏の夕方に飛びから蝙蝠《こうもり》のように、ひらひらと宙《ちゅう》へ舞《ま》いあがるのです。私は葉巻《はまき》を口へくわえたまま、あっけにとられて見ていましたが、書物はうす暗《ぐら》いランプの光の中に何冊《なんさつ》も自由《じゆう》に飛びまわって、いちいち行儀《ぎょうぎ》よくテエブルの上へピラミッド形に積《つ》みあがりました。しかものこらずこちらへ移《うつ》ってしまったと思うと、すぐに最初《さいしょ》きたのから動きだして、もとの書棚へ順々《じゅんじゅん》に飛びかえっていくじゃありませんか。

が、中でもいちばんおもしろかったのは、うすい仮綴《かりと》じの書物が一冊《さつ》、やはり翼《つばさ》のように表紙《ひょうし》をひらいて、ふわりと空へあがりましたが、しばらくテエブルの上で輪《わ》を描《か》いてから、急《きゅう》にページをざわつかせると、さか落《お》としに私のひざへさっとおりてきたことです。どうしたのかと思って手にとって見ると、これは私が一週間ばかり前にミスラ君《くん》へ貸《か》したおぼえがある、フランスの新しい小説《しょうせつ》でした。

「ながながご本をありがとう。」

ミスラ君はまだ微笑《びしょう》をふくんだ声で、こう私に礼《れい》を言いました。もちろんそのときはもう多くの書物が、みんなテエブルの上から書棚《しょだな》の中へ舞《ま》いもどってしまっていたのです。私は夢《ゆめ》からさめたような心もちで、暫時《ざんじ》は挨拶《あいさつ》さえできませんでしたが、そのうちにさっきミスラ君の言った、「私の魔術《まじゅつ》などというものは、あなたでも使《つか》おうと思えば使えるのです」という言葉《ことば》を思いだしましたから、

「いや、かねがね評判《ひょうばん》はうかがっていましたが、あなたのお使いなさる魔術が、これほど不思議《ふしぎ》なものだろうとは、実際《じっさい》、思いもよりませんでした。ところで私のような人間にも、使って使えないことのないというのは、ご冗談《じょうだん》ではないのですか。」

「使えますとも。だれにでも造作《ぞうさ》なく使えます。ただ――」と言いかけてミスラ君は

じっと私の顔をながめながら、いつになくまじめな口調《くちょう》になって、

「ただ、欲《よく》のある人間には使《つか》えません。ハッサン・カンの魔術《まじゅつ》を習《なら》おうと思ったら、まず欲をすてることです。あなたにはそれができますか。」

「できるつもりです。」

私はこう答えましたが、なんとなく不安《ふあん》な気もしたので、すぐにまたあとから言葉《ことば》をそえました。

「魔術さえ教えていただければ。」

それでもミスラ君《くん》はうたがわしそうな目つきを見せましたが、さすがにこのうえ念《ねん》をおすのはぶしつけだとでも思ったのでしょう。やがて大様《おおよう》にうなずきながら、

「では教えてあげましょう。が、いくら造作《ぞうさ》なく使えるといっても、習うのにはひまもかかりますから、今夜は私のところへお泊《と》まりなさい。」

「どうもいろいろおそれいります。」

私は魔術を教えてもらううれしさに、何度《なんど》もミスラ君へお礼《れい》を言いました。が、ミスラ君はそんなことに頓着《とんじゃく》する気色《けしき》もなく、静《しず》かに椅子《いす》から立ちあがると、

「オ婆《ばあ》サン。オ婆サン。今夜ハオ客様《きゃくさま》ガオ泊《と》マリニナルカラ、寝床《ねどこ》ノ仕度《したく》ヲシテオイテオクレ。」

私は胸《むね》をおどらしながら、葉巻《はまき》の灰《はい》をはたくのも忘《わす》れて、まともに石油ランプの光をあびた、親切《しんせつ》そうなミスラ君《くん》の顔《かお》を思わずじっと見あげました。

私がミスラ君に魔術《まじゅつ》を教《おそ》わってから、一月《ひとつき》ばかりたったのちのことです。これもやはりざあざあ雨の降《ふ》る晩《ばん》でしたが、私は銀座《ぎんざ》のあるクラブの一室で、五－六人の友人と、暖炉《だんろ》の前へ陣取《じんど》りながら、気がるな雑談《ざつだん》にふけっていました。

なにしろここは東京の中心ですから、窓《まど》の外に降《ふ》る雨《あま》あしも、しっきりなく往来《ゆきき》する自動車《じどうしゃ》や馬車の屋根《やね》をぬらすせいか、あの、大森《おおもり》の竹やぶにしぶくような、ものさびしい音は聞こえません。

もちろん窓の内の陽気《ようき》なことも、明るい電燈《でんとう》の光といい、大きなモロッコ皮《がわ》の椅子《いす》といい、あるいはまたなめらかに光っている寄木細工《よせぎざいく》の床《ゆか》といい、見るから精霊《せいれい》でもでてきそうな、ミスラ君の部屋《へや》などとは、まるでくらべものにはならないのです。

私たちは葉巻《はまき》の煙《けむり》の中に、しばらくは猟《りょう》の話だの競馬《けいば》の話だのをしていましたが、そのうちに一人の友人が、吸《す》いさしの葉巻を暖炉《だんろ》の中にほうりこんで、私のほうへふりむきながら、

「君《きみ》は近ごろ魔術《まじゅつ》を使《つか》うという評判《ひょうばん》だが、どうだい。今夜は一つぼくたちの前で使って見せてくれないか。」

「いいとも。」

私は椅子《いす》の背《せ》に頭《あたま》をもたせたまま、さも魔術の名人《めいじん》らしく、横柄《おうへい》にこう答えました。

「じゃ、なんでも君に一任《いちにん》するから、世間《せけん》の手品師《てじなし》などにはできそうもない、不思議《ふしぎ》な術を使って見せてくれたまえ。」

友人たちはみな賛成《さんせい》だとみえて、てんでに椅子《いす》をすりよせながら、うながすように私のほうをながめました。そこで私はおもむろに立ちあがって、

「よく見ていてくれ給《たま》えよ。ぼくの使う魔術には、種《たね》も仕掛《しか》けもないのだから。」

私はこう言いながら、両手《りょうて》のカフスをまくりあげて、暖炉のなかに燃《も》えさかってい る石炭《せきたん》を、無造作《むぞうさ》にてのひらの上へすくいあげました。私をかこんでいた友人たちは、

これだけでも、もう荒胆《あらぎも》を挫《ひし》がれたのでしょう。みな顔《かお》を見あわせながらうっかりそばへよってやけどでもしてはたいへんだと、きみわるそうにしりごみさえしはじめるのです。

そこで私のほうはいよいよおちつきはらって、そのてのひらの上の石炭《せきたん》の火を、しばらく一同《いちどう》の目の前へつきつけてから、こんどはそれをいきおいよく寄木細工《よせぎざいく》の床《ゆか》へまき散《ち》らしました。その途端《とたん》です。窓《まど》の外に降《ふ》る雨の音を圧《あっ》して、もう一つかわった雨の音がにわかに床の上からおこったのは。と言うのはまっ赤《か》な石炭の火が、私のてのひらをはなれると同時に、無数《むすう》の美《うつく》しい金貨《きんか》になって、雨のように床の上へこぼれとんだからなのです。

友人たちはみな夢《ゆめ》でも見ているように、茫然《ぼうぜん》と喝采《かっさい》するのさえも忘《わす》れていました。

「まずちょいとこんなものさ。」

私は得意《とくい》の微笑《びしょう》を浮《う》かべながら、静《しず》かにまたもとの椅子《いす》に腰《こし》をおろしました。

「こりゃみなほんとうの金貨かい。」

呆気《あっけ》にとられていた友人の一人が、ようやくこう私にたずねたのは、それから五分

ばかりたった後のことです。

「ほんとうの金貨《きんか》さ。うそだと思ったら、手にとって見たまえ。」

「まさかやけどをするようなことはあるまいね。」

友人の一人はおそるおそる、床《ゆか》の上の金貨を手にとってみましたが、

「なるほどこりゃほんとうの金貨だ。おい、給仕《きゅうじ》、ほうきとちり取《と》りとを持《も》ってきて、これをみなはき集《あつ》めてくれ。」

給仕《きゅうじ》はすぐに言いつけられたとおり、床の上の金貨をはき集めて、うずたかくそばのテエブルへもりあげました。友人たちはみなそのテエブルのまわりをかこみながら、

「ざっと二十万円ぐらいはありそうだね。」

「いや、もっとありそうだ。華奢《きゃしゃ》なテエブルだった日には、つぶれてしまうくらいあるじゃないか。」

「なにしろたいした魔術《まじゅつ》を習《なら》ったものだ。石炭《せきたん》の火がすぐに金貨になるのだから。」

「これじゃ一週間とたたないうちに、*岩崎《いわさき》や三井《みつい》にも負《ま》けないような金満家《きんまんか》になってしまうだろう」などと、口々に私の魔術をほめそやしました。が、私はやはり椅子《いす》に

＊ともに、明治《めいじ》以来日本の財界《ざいかい》を二分《ぶん》する大財閥《だいざいばつ》であった

よりかかったまま、悠然《ゆうぜん》と葉巻《はまき》の煙《けむり》をはいて、

「いや、ぼくの魔術《まじゅつ》というやつは、一旦欲心《いったんよくしん》をおこしたら、二度《ど》と使《つか》うことができないのだ。だからこの金貨《きんか》にしても、君《きみ》たちが見てしまったうえは、すぐにまたもとの暖炉《だんろ》の中へほうりこんでしまおうと思っている。」

友人たちは私の言葉《ことば》を聞くと、言い合わせたように、反対《はんたい》しはじめました。これだけの大金《たいきん》をもとの石炭《せきたん》にしてしまうのは、もったいない話だと言うのです。が、私はミスラ君《くん》に約束《やくそく》した手前もありますから、どうしても暖炉にほうりこむと、強情《ごうじょう》に友人たちとあらそいました。すると、その友人たちの中でも、いちばん狡猾《こうかつ》だという評判《ひょうばん》のあるのが、鼻《はな》の先で、せせら笑《わら》いながら、

「君はこの金貨をもとの石炭にしようと言う。ぼくたちはまたしたくないと言う。それじゃいつまでたったところで、議論《ぎろん》が干《ひ》ないのはあたりまえだろう。そこでぼくが思うには、この金貨を元手《もとで》にして、君がぼくたちとカルタをするのだ。そうしてもし君が勝《か》ったなら、石炭にするともなんにするとも、自由《じゆう》に君が始末《しまつ》するがいい。が、もしぼくたちが勝ったなら、金貨のままぼくたちへ渡《わた》したまえ。そうすればおたがい

の申《もう》し分《ぶん》もたって、しごく満足《まんぞく》だろうじゃないか。」

それでも私はまだ首《くび》をふって、容易《ようい》にその申《もう》し出《だ》しに賛成《さんせい》しようとはしませんでした。ところがその友人は、いよいよあざけるような笑《え》みを浮《う》かべながら、私とテエブルの上の金貨《きんか》とをずるそうにじろじろ見くらべて、

「君《きみ》がぼくたちとカルタをしないのは、つまりその金貨をぼくたちに取《と》られたくないと思うからだろう。それなら魔術《まじゅつ》を使《つか》うために、欲心《よくしん》をすてたとかなんとかいう、せっかくの君の決心《けっしん》もあやしくなってくるわけじゃないか。」

「いや、なにもぼくは、この金貨が惜《お》しいから石炭《せきたん》にするのじゃない。」

「それならカルタをやりたまえな。」

何度《なんど》もこういう押《お》し問答《もんどう》をくりかえしたあとで、とうとう私はその友人の言葉《ことば》どおり、テエブルの上の金貨を元手《もとで》に、どうしてもカルタをたたかわせなければならない羽目《はめ》にたちいたりました。もちろん友人たちはみな大よろこびで、すぐにトランプを一組とりよせると、部屋《へや》の片《かた》すみにあるカルタ机《づくえ》をかこみながら、まだためらいがちな私を早く早くとせきたてるのです。

ですから私もしかたがなく、しばらくのあいだは友人たちを相手《あいて》に、いやいやカルタをしていました。が、どういうものか、その夜にかぎって、ふだんは格別《かくべつ》カルタじょうずでもない私が、うそのようにどんどん勝《か》つのです。するとまた妙《みょう》なもので、はじめは気のりもしなかったのが、だんだんおもしろくなりはじめて、ものの十分《ぷん》とたたないうちに、いつか私は一切《いっさい》を忘《わす》れて、熱心《ねっしん》にカルタを引きはじめました。

友人たちは、もとより私から、あの金貨《きんか》をのこらず巻《ま》きあげるつもりで、わざわざカルタをはじめたのですから、こうなるとみなあせりにあせって、ほとんど血相《けっそう》さえかえるかと思うほど、夢中《むちゅう》になって勝負《しょうぶ》をあらそいだしました。が、いくら友人たちがやっきとなっても、私は一度《ど》も負《ま》けないばかりか、とうとうしまいには、あの金貨とほぼおなじほどの金高《きんだか》だけ、私のほうが勝ってしまったじゃありませんか。するとさっきの人のわるい友人が、まるで、気ちがいのようないきおいで、私の前に、札《ふだ》をつきつけながら、

「さあ、引きたまえ。ぼくはぼくの財産《ざいさん》をすっかり賭《か》ける。地面《じめん》も、家作《かさく》も、馬も、自動車《じどうしゃ》も、一つのこらず賭けてしまう。そのかわり君《きみ》はあの金貨のほかに、今まで君

が勝《か》った金をことごとく賭《か》けるのだ。さあ、引きたまえ。」

私はこの刹那《せつな》に欲《よく》がでました。テエブルの上に積《つ》んである、山のような金貨《きんか》ばかりか、せっかく私が勝った金さえ、こんど運《うん》わるく負《ま》けたが最後《さいご》、みな相手《あいて》の友人に取《と》られてしまわなければなりません。のみならずこの勝負《しょうぶ》に勝ちさえすれば、私はむこうの全財産《ぜんざいさん》を一度《ど》に手へ入れることができるのです。こんなときに使《つか》わなければどこに魔術《まじゅつ》などを教わった、苦心《くしん》の甲斐《かい》があるのでしょう。そう思うと私は矢《や》も楯《たて》もたまらなくなって、そっと魔術を使いながら、決闘《けっとう》でもするようないきおいで、

「よろしい。まず君から引きたまえ。」

「九《く》。」

「王様《キング》。」

私は勝ちほこった声をあげながら、まっさおになった相手の目の前へ、引きあてた札《ふだ》をだして見せました。すると不思議《ふしぎ》にもそのカルタの王様が、まるで魂《たましい》がはいったように、冠《かんむり》をかぶった頭《あたま》をもたげて、ひょいと札の外へからだをだすと、行儀《ぎょうぎ》よく剣《けん》を持《も》ったまま、にやりと気味《きみ》のわるい微笑《びしょう》を浮《う》かべて、

「オ婆《ばあ》サン。オ婆《ばあ》サン。オ客様《きゃくさま》ハオ帰リニナルソウダカラ、寝床《ねどこ》ノ仕度《したく》ハシナクテモイイヨ。」

と、聞きおぼえのある声で言うのです。と思うと、どういうわけか、窓《まど》の外に降《ふ》る雨《あま》あしまでが、急《きゅう》にまたあの大森《おおもり》の竹やぶにしぶくような、さびしいざんざ降《ぶ》りの音をたてはじめました。

ふと気がついてあたりを見まわすと、私はまだうす暗《ぐら》い石油《せきゆ》ランプの光をあびながら、まるであのカルタの王様《おうさま》のような微笑《びしょう》を浮《う》かべているミスラ君《くん》と、むかいあっていたのです。

私が指《ゆび》のあいだにはさんだ葉巻《はまき》の灰《はい》さえ、やはり落《お》ちずにたまっているところを見ても、私が一月《ひとつき》ばかりたったと思ったのは、ほんの二 - 三分の間に見た、夢《ゆめ》だったのにちがいありません。けれどもその二 - 三分の短《みじか》いあいだに、私がハッサン・カンの魔術《まじゅつ》の秘法《ひほう》を習《なら》う資格《しかく》のない人間だということは、私自身《じしん》にもミスラ君にも、あきらかになってしまったのです。私ははずかしそうに頭《あたま》をさげたまま、しばらくは口もきけませんでした。

「私《わたし》の魔術《まじゅつ》を使《つか》おうと思ったら、欲《よく》をすてなければなりません。あなたはそれだけの修業《しゅぎょう》ができていないのです。」

ミスラ君《くん》は気《き》の毒《どく》そうな目つきをしながら、縁《ふち》へ赤く花模様《はなもよう》を織《お》りだしたテエブルかけの上にひじをついて、静《しず》かにこう私をたしなめました。

舞《ぶ》踏《とう》会《かい》

一

明治《めいじ》十九年十一月三日の夜であった。当時十七歳《さい》だった——家《け》の令嬢明子《れいじょうあきこ》は、頭《あたま》のはげた父親といっしょに、今夜の舞踏会《ぶとうかい》がもよおさるべき＊鹿鳴館《ろくめいかん》の階段《かいだん》をのぼっていった。明るいガスの光に照《て》らされた、幅《はば》のひろい階段の両側《りょうがわ》には、ほとんど人工に近い大輪《たいりん》の菊《きく》の花が、三重《じゅう》のまがきをつくっていた。菊はいちばん奥《おく》のがうす紅《べに》、中ほどのが濃《こ》い黄色、いちばん前のがまっ白な花びらをふさのごとく乱《みだ》しているのであった。そうしてその菊のまがきのつきるあたり、階段の上の舞踏室《ぶとうしつ》からは、もう陽気《ようき》な管絃《かんげん》楽《がく》の音《ね》が、おさえがたい幸福《こうふく》の吐息《といき》のように、休みなくあふれてくるのであった。

＊一八八三（明治《めいじ》十六）年、内外人の社交クラブとして東京麹町《こうじまち》区山下町（現在の千代田区内幸町）にもうけられた建物。華族《かぞく》、外国使臣《がいこくししん》にかぎり入館《にゅうかん》をゆるし、夜会《やかい》・舞踏会《ぶとうかい》・仮装会《かそうかい》・バザーなどをもよおした

明子《あきこ》はつとにフランス語と舞踏《ぶとう》との教育《きょういく》をうけていた。が、正式《せいしき》の舞踏会《ぶとうかい》にのぞむのは、今夜がまだ生まれてはじめてであった。だから彼女《かのじょ》は馬車の中でも、おりおり話しかける父親に、上《うわ》の空《そら》の返事《へんじ》ばかりあたえていた。それほど彼女の胸《むね》の中には、愉快《ゆかい》なる不安《ふあん》とでも形容《けいよう》すべき、一種《いっしゅ》のおちつかない心もちが根《ね》を張《は》っていたのであった。彼女は馬車が鹿鳴館《ろくめいかん》の前にとまるまで、なんどいらだたしい目をあげて、窓《まど》の外に流《なが》れていく東京《とうきょう》の町のとぼしい燈火《ともしび》を、見つめたことだかしれなかった。

が、鹿鳴館の中へはいると、まもなく彼女はその不安を忘《わす》れるような事件《じけん》に遭遇《そうぐう》した。と言うのは階段《かいだん》のちょうど中ほどまできかかったとき、二人は一足《ひとあし》先にのぼっていく支那《しな》の大官《たいかん》に追《お》いついた。すると大官は肥満《ひまん》したからだをひらいて、二人を先へ通らせながら、あきれたような視線《しせん》を明子へなげた。ういういしい薔薇色《ばらいろ》の舞踏服《ぶとうふく》、品《ひん》よく首《くび》へかけた水色のリボン、それから濃《こ》い髪《かみ》に匂《にお》っているたった一輪《りん》の薔薇の花――実際《じっさい》その夜の明子の姿《すがた》は、この長い*弁髪《べんぱつ》をたれた支那の大官の目をおどろかすべく、開化《かいか》の日本の少女の美《び》を遺憾《いかん》なくそなえていたのであった。と思うとまた階段を急《いそ》ぎ足《あし》におりてきた、若《わか》い燕尾服《えんびふく》の日本人も、途中《とちゅう》で二人にすれちがいながら、反射《はんしゃ》

＊男子の髪型《かみがた》の一つ。髪の周囲《しゅうい》をそり、のこった髪を編《あ》んで、うしろに長くたらしたもの

的《てき》にちょいとふりかえって、やはりあきれたような一瞥《いちべつ》を明子《あきこ》のうしろ姿《すがた》にあびせかけた。それからなぜか思いついたように、白いネクタイへ手をやって見て、また菊《きく》の中をいそがわしく玄関《げんかん》のほうへおりていった。

二人が階段《かいだん》をのぼりきると、二階の舞踏室《ぶとうしつ》の入口には、半白《はんぱく》のほおひげをたくわえた主人役《しゅじんやく》の伯爵《はくしゃく》が、胸間《きょうかん》にいくつかの勲章《くんしょう》をおびて、ルイ十五世式《せいしき》*1のよそおいをこらした年上の伯爵夫人《はくしゃくふじん》といっしょに、大様《おおよう》に客《きゃく》を迎《むか》えていた。明子はこの伯爵でさえ、彼女の姿を見たときには、その老獪《ろうかい》*2らしい顔《かお》のどこかに、一瞬間無邪気《いっしゅんかんむじゃき》な驚嘆《きょうたん》の色が去来《きょらい》したのを見のがさなかった。人のいい明子の父親は、うれしそうな微笑《びしょう》を浮《う》かべながら、伯爵とその夫人とへ手みじかに娘《むすめ》を紹介《しょうかい》した。彼女は羞恥《しゅうち》と得意《とくい》とをかわるがわる味《あじ》わった。が、そのひまにも権高《けんだか》な伯爵夫人の顔だちに、一点下品《げひん》な気があるのを感《かん》づくだけの余裕《よゆう》があった。

舞踏室の中にもいたるところに、菊の花が美《うつく》しく咲《さ》きみだれていた。そうしてまたいたるところに、相手《あいて》を待《ま》っている婦人《ふじん》たちのレエスや花や象牙《ぞうげ》の扇《おうぎ》が、さわやかな香水《こうすい》の匂《にお》いの中に、音のない波《なみ》のごとく動《うご》いていた。明子《あきこ》はすぐに父親とわかれて、

＊1　フランスのルイ十五世時代（一七一五―一七七四年）のいわゆるロココ風の服装《ふくそう》　＊2　世俗《せぞく》の経験《けいけん》をつんで、悪がしこいこと

そのきらびやかな婦人《ふじん》たちのある一団《いちだん》といっしょになった。それはみなおなじような水色や薔薇色《ばらいろ》の舞踏服《ぶとうふく》を着《き》た、同年輩《どうねんぱい》らしい少女であった。彼《かれ》らは彼女《かのじょ》を迎《むか》えると、小鳥のようにさざめきたって、口々に今夜の彼女の姿《すがた》が美《うつく》しいことをほめたてたりした。

が、彼女がその仲間《なかま》へはいるやいなや、見知らないフランスの海軍将校《かいぐんしょうこう》が、どこからか静《しず》かに歩みよった。そうして両腕《りょううで》をたれたまま、ていねいに日本風の会釈《えしゃく》をした。明子《あきこ》はかすかながら血《ち》の色が、ほおにのぼってくるのを意識《いしき》した。しかしその会釈がなにを意味《いみ》するかは、問うまでもなくあきらかだった。だから彼女は手にしていた扇《おうぎ》をあずかってもらうべく、隣《となり》に立っている水色の舞踏服の令嬢《れいじょう》をふりかえった。と同時に意外《いがい》にも、そのフランスの海軍将校は、ちらりとほおに微笑《びしょう》の影《かげ》を浮《う》かべながら、異様《いよう》なアクサン[1]をおびた日本語で、はっきりと彼女にこう言った。

「いっしょに踊《おど》ってはくださいませんか。」

まもなく明子は、そのフランスの海軍将校と、「美《うつく》しく青きダニュウブ」[2]のヴァル[3]

＊1 accent アクセント　＊2 オーストリアの作曲家ヨハン・シュトラウスの円舞曲《えんぶきょく》　＊3 Valse ワルツ。円舞曲《えんぶきょく》。四分の三拍子《びょうし》の舞曲

スを踊《おど》っていた。相手《あいて》の将校《しょうこう》は、ほおの日に焼《や》けた、目鼻《めはな》だちのあざやかな、濃《こ》い口ひげのある男であった。彼女《かのじょ》はその相手の軍服《ぐんぷく》の左の肩《かた》に、長い手袋《てぶくろ》をはめた手をあずくべく、あまりに背《せい》が低《ひく》かった。が、場《ば》なれている海軍将校《かいぐんしょうこう》は、たくみに彼女をあしらって、軽々《かるがる》と群集《ぐんしゅう》の中を舞《ま》い歩いた。そうして時々彼女の耳に、愛想《あいそ》のよいフランス語のお世辞《せじ》さえもささやいた。

彼女はそのやさしい言葉《ことば》に、はずかしそうな微笑《びしょう》をむくいながら、時々彼《かれ》らが踊っている舞踏室《ぶとうしつ》の周囲《しゅうい》へ目を投《な》げた。皇室《こうしつ》のご紋章《もんしょう》を染《そ》めぬいた紫縮緬《むらさきちりめん》の幔幕《まんまく》や、爪《つめ》を張《は》った蒼竜《そうりゅう》が身《み》をうねらせている支那《しな》の国旗《こっき》の下には、花瓶《かびん》花瓶の菊《きく》の花が、あるいは軽快《けいかい》な銀色《ぎんいろ》を、あるいは陰鬱《いんうつ》な金色を、人波《ひとなみ》のあいだにちらつかせていた。しかもその人波は、シャンパアニュ*のようにわきたってくる、花々しいドイツ管絃楽《かんげんがく》の旋律《せんりつ》の風にあおられて、しばらくも目まぐるしい動揺《どうよう》をやめなかった。明子はやはり踊っている友だちの一人と目を合わすと、たがいに愉快《ゆかい》そうなうなずきをせわしい中に送《おく》り合った。が、その瞬間《しゅんかん》には、もうちがった踊り手が、まるで大きな蛾《が》が狂《くる》うように、どこからかそこへあらわれていた。

＊ champagne シャンパン。フランス北東部シャンパーニュ地方から産出する炭酸《たんさん》ガス入りの白ぶどう酒

しかし明子《あきこ》はそのあいだにも、相手《あいて》のフランスの海軍将校《かいぐんしょうこう》の目が、彼女《かのじょ》の一挙一動《いっきょいちどう》に注意《ちゅうい》しているのを知っていた。それはまったくこの日本に慣《な》れない外国人が、いかに彼女の快活《かいかつ》な舞踏《ぶとう》ぶりに、興味《きょうみ》があったかを語るものであった。こんな美しい令嬢《れいじょう》も、やはり紙と竹との家の中に、人形《にんぎょう》のごとく住《す》んでいるのであろうか。そうして細い金属《きんぞく》の箸《はし》で、青い花の描《か》いてあるてのひらほどの茶碗《ちゃわん》から、米つぶをはさんで食べているのであろうか。——彼《かれ》の目の中にはこういう疑問《ぎもん》が、なんども人なつかしい微笑《びしょう》とともに往来《ゆきき》するようであった。明子にはそれがおかしくもあれば、同時にまた誇《ほこ》らしくもあった。だから、彼女のきゃしゃな薔薇色《ばらいろ》の踊《おど》り靴《ぐつ》は、ものめずらしそうな相手の視線《しせん》がおりおり足もとへ落《お》ちるたびに、いっそう身軽《みがる》くなめらかな床《ゆか》の上をすべっていくのであった。

が、やがて相手の将校は、この子猫《こねこ》のような令嬢のつかれたらしいのに気がついたと見えて、いたわるように顔《かお》をのぞきこみながら、

「もっとつづけて踊りましょうか。」

「*ノン・メルシイ。」

＊ non, merci いいえ、結構《けっこう》です

明子《あきこ》は息《いき》をはずませながら、こんどははっきりとこう答えた。するとそのフランスの海軍将校《かいぐんしょうこう》は、まだヴァルスの歩みをつづけながら、前後左右に動《うご》いているレエスや花の波《なみ》を縫《ぬ》って、壁《かべ》ぎわの花瓶《かびん》の菊《きく》のほうへ、ゆうゆうと彼女《かのじょ》をつれていった。そうして最後《さいご》の一回転《かいてん》ののち、そこにあった椅子《いす》の上へ、あざやかに彼女をかけさせると、自分はいったん軍服《ぐんぷく》の胸《むね》を張《は》って、それからまた前のようにうやうやしく日本風の会釈《えしゃく》をした。

その後またポルカ[*1]やマズユルカ[*2]を踊《おど》ってから、明子はこのフランスの海軍将校と腕《うで》を組んで、白と黄とうす紅《べに》と三重の菊《きく》のまがきのあいだを、階下《かいか》のひろい部屋《へや》へおりていった。

ここには燕尾服《えんびふく》や白い肩《かた》がしっきりなく去来《きょらい》する中に、銀《ぎん》やガラスの食器類《しょっきるい》におおわれたいくつかの食卓《しょくたく》が、あるいは肉と松露[*3]《しょうろ》の山をもりあげたり、あるいはサンドウイッチとアイスクリイムとの塔《とう》をそばだてたり、あるいはまた、ざくろといちじくとの三角塔《さんかくとう》をきずいたりしていた。ことに菊《きく》の花がうずめのこした、部屋《へや》の一方の壁

＊1 polka ボヘミアからおこった四分の二拍子《びょうし》の軽快《けいかい》な舞踊《ぶよう》および舞曲《ぶきょく》 ＊2 mazurka マズルカ。ポーランドの民族《みんぞく》舞曲《ぶきょく》。四分の三拍子《びょうし》または八分の三拍子の軽快《けいかい》なリズムをもつ ＊3 食用《しょくよう》きのこの一種《いっしゅ》

上には、巧《たく》みな人工のぶどうづるが青々とからみついている、美《うつく》しい金色の格子《こうし》があった。そうしてそのぶどうの葉《は》のあいだには、蜂《はち》の巣《す》のようなぶどうの房《ふさ》が、累々《るいるい》と紫《むらさき》にさがっていた。明子《あきこ》はその金色の格子の前に、頭《あたま》のはげた彼女《かのじょ》の父親が、同年輩《どうねんぱい》の紳士《しんし》とならんで、葉巻《はまき》をくわえているのにあった。父親は明子の姿《すがた》を見ると、満足《まんぞく》そうにちょいとうなずいたが、それぎりつれのほうをむいて、また葉巻をくゆらせはじめた。

フランスの海軍将校《かいぐんしょうこう》は、明子と食卓《しょくたく》の一つへ行って、いっしょにアイスクリイムのさじを取《と》った。彼女はそのあいだも相手《あいて》の目が、おりおり彼女の手や髪《かみ》や水色のリボンをかけた首へそそがれているのに気がついた。それはもちろん彼女にとって、不快《ふかい》なことでもなんでもなかった。が、ある刹那《せつな》には女らしいうたがいもひらめかずにはいられなかった。そこで黒いビロウドの胸《むね》に赤い椿《つばき》の花をつけた、ドイツ人らしい若《わか》い女が二人のそばを通ったとき、彼女はこのうたがいをほのめかせるために、こういう感嘆《かんたん》の言葉《ことば》を発明《はつめい》した。

「西洋《せいよう》の女の方《かた》はほんとうにお美《うつく》しゅうございますこと。」

海軍将校《かいぐんしょうこう》はこの言葉《ことば》を聞くと、思いのほかまじめに首《くび》をふった。

「日本の女の方《かた》も美《うつく》しいです。ことにあなたなぞは――」

「そんなことはございませんわ。」

「いえ、お世辞《せじ》ではありません。そのまますぐにパリの舞踏会《ぶとうかい》へもでられます。そうしたらみんながおどろくでしょう。ワットオ*の画《え》の中のお姫様《ひめさま》のようですから。」

明子《あきこ》はワットオを知らなかった。だから海軍将校の言葉が呼《よ》びおこした、美しい過《か》去《こ》のまぼろしも――ほの暗《ぐら》い森の噴水《ふんすい》とすがれていく薔薇《ばら》とのまぼろしも、一瞬《いっしゅん》ののちにはなごりなく消《き》えうせてしまわなければならなかった。が、人一倍感《ひといちばいかん》じのするどい彼女《かのじょ》は、アイスクリイムのさじを動《うご》かしながら、わずかにもう一つのこっている話《わ》題《だい》にすがることを忘《わす》れなかった。

「私もパリの舞踊会へまいって見とうございますわ。」

「いえ、パリの舞踊会もまったくこれとおなじことです。」

海軍将校はこう言いながら、二人の食卓《しょくたく》をめぐっている人波《ひとなみ》と菊《きく》の花とを見まわしたが、たちまち皮肉《ひにく》な微笑《びしょう》の波《なみ》がひとみの底《そこ》に動《うご》いたと思うと、アイスクリイムのさ

＊ Jean Antoine Watteau フランスの画家。（一六八四―一七二一年）

じをやめて、

「パリばかりではありません。舞踏会《ぶとうかい》はどこでもおなじことです」となかば独《ひと》り語《ごと》のようにつけくわえた。

一時間ののち、明子《あきこ》とフランスの海軍将校《かいぐんしょうこう》とは、やはり腕《うで》を組んだまま、大勢《おおぜい》の日本人や外国人といっしょに、舞踏室《ぶとうしつ》の外にある星月夜の露台《ろだい》にたたずんでいた。

欄干《らんかん》一つへだてた露台のむこうには、ひろい庭園《ていえん》をうずめた針葉樹《しんようじゅ》が、ひっそりと枝《えだ》をかわし合って、その梢《こずえ》に点々とほおずき提燈《ちょうちん》の火を透《す》かしていた。しかも、冷《ひ》ややかな空気の底《そこ》には、下の庭園からのぼってくる苔《こけ》の匂《にお》いや落《お》ち葉《ば》の匂いが、かすかに寂《さび》しい秋の呼吸《こきゅう》をただよわせているようであった。が、すぐうしろの舞踏室では、やはりレエスの花の波《なみ》が、十六菊《ぎく》*を染《そ》めぬいた紫縮緬《むらさきちりめん》の幕《まく》の下に、休みない動揺《どうよう》をつづけていた。そうしてまた調子《ちょうし》の高い管絃楽《かんげんがく》のつむじ風が、あいかわらずその人間の海の上へ、用捨《ようしゃ》もなくむちをくわえていた。

もちろんこの露台の上からも、たえずにぎやかな話し声や笑《わら》い声《ごえ》が夜気《やき》をゆすって

＊花弁《かべん》が十六の菊の花は皇室《こうしつ》の紋章《もんしょう》

いた。まして暗《くら》い針葉樹《しんようじゅ》の空に美《うつく》しい花火があがるときには、ほとんど人どよめきにも近い音が、一同《いちどう》の口からもれたこともあった。その中にまじって立っていた明子《あきこ》も、そこにいた懇意《こんい》の令嬢《れいじょう》たちとは、さっきから気軽《きがる》な雑談《ざつだん》を交換《こうかん》していた。が、やがて気がついて見ると、あのフランスの海軍将校《かいぐんしょうこう》は、明子に腕《うで》をかしたまま、庭園《ていえん》の上の星月夜へ黙然《もくねん》と目をそそいでいた。彼女《かのじょ》にはそれがなんとなく、郷愁《きょうしゅう》でも感《かん》じているように見えた。そこで明子は彼《かれ》の顔《かお》をそっと下からのぞきこんで、

「お国のことを思っていらっしゃるのでしょう」となかばあまえるようにたずねてみた。

するとあいかわらず海軍将校は微笑《びしょう》をふくんだ目で、静《しず》かに明子のほうへふりかえった。そうして「ノン」と答えるかわりに、子供《こども》のように首《くび》をふってみせた。

「でもなにか考えていらっしゃるようでございますわ。」

「なんだかあててごらんなさい。」

そのとき露台《ろだい》に集《あつ》まっていた人々のあいだには、また一しきり風のようなざわめく音がおこりだした。明子と海軍将校とは言い合わせたように話をやめて、庭園の針葉《しんよう》

樹《じゅ》を圧《あっ》している夜空のほうへ目をやった。そこにはちょうど赤と青との花火が、蜘蛛《くも》手《で》に闇《やみ》をはじきながら、まさに消《き》えようとするところであった。明子《あきこ》にはなぜかその花火が、ほとんど悲《かな》しい気をおこさせるほどそれほど美《うつく》しく思われた。

「私は花火のことを考えていたのです。われわれの生《ヴィ》*のような花火のことを。」

しばらくしてフランスの海軍将校は、やさしく明子の顔《かお》を見おろしながら、教えるような調子《ちょうし》でこう言った。

二

大正《たいしょう》七年の秋であった。当年の明子は鎌倉《かまくら》の別荘《べっそう》へおもむく途中《とちゅう》、一面識《いちめんしき》のある青年の小説家《しょうせつか》と、偶然《ぐうぜん》汽車の中でいっしょになった。青年はそのとき網棚《あみだな》の上に、鎌倉の知人へ贈《おく》るべき菊《きく》の花束《はなたば》をのせておいた。すると当年の明子——今のH老夫人《ろうふじん》は、菊の花を見るたびに思いだす話があると言って、くわしく彼《かれ》に鹿鳴館《ろくめいかん》の舞踏会《ぶとうかい》の思い出を話して聞かせた。青年はこの人自身《じしん》の口からこういう思い出を聞くことに、多大《ただい》の興味《きょうみ》を感《かん》ぜずにはいられなかった。

* vie 生活。生命

その話が終《お》わったとき、青年はH老夫人《ろうふじん》になにげなくこういう質問《しつもん》をした。

「奥様《おくさま》はそのフランスの海軍将校《かいぐんしょうこう》の名をごぞんじではございませんか。」

するとH老夫人は思いがけない返事《へんじ》をした。

「ぞんじておりますとも。[*1]ジュリアン・ヴィオとおっしゃる方《かた》でございました。」

「ではロティだったのでございますね。あの[*2]『お菊夫人《きくふじん》』を書いた[*3]ピエル・ロティだったのでございますね。」

青年は愉快《ゆかい》な興奮《こうふん》を感《かん》じた。が、H老夫人は不思議《ふしぎ》そうに青年の顔《かお》を見ながらなんどもこうつぶやくばかりであった。

「いえ、ロティとおっしゃる方ではございませんよ。ジュリアン・ヴィオとおっしゃる方でございますよ。」

＊1 Julien Viaud ピエル・ロティの本名《ほんみょう》 ＊2 小説。ピエル・ロティが長崎滞在中《ながさきたいざいちゅう》、お菊《きく》とよばれている日本の女性と一緒《いっしょ》に住んだときのことをえがいた作品 ＊3 Pierre Loti フランスの小説家。海軍大佐《かいぐんたいさ》。小説「氷島の漁夫《ぎょふ》」「お菊夫人」、印象記《いんしょうき》「日本の秋」などがある。（一八五〇-一九二三年）

秋

一

信子《のぶこ》は女子大学にいたときから、才媛《さいえん》の名声《めいせい》をになっていた。彼女《かのじょ》が早晩《そうばん》作家として文壇《ぶんだん》にうってでることは、ほとんどだれもうたがわなかった。中には彼女が在学中《ざいがくちゅう》、すでに三百何枚《まい》かの自叙伝体小説《じじょでんたいしょうせつ》を書きあげたなどと吹聴《ふいちょう》して歩くものもあった。が、学校を卒業《そつぎょう》してみると、まだ女学校もでていない妹の照子《てるこ》と彼女とをかかえて、後家《ごけ》をたてとおしてきた母の手前も、そうはわがままを言われない、複雑《ふくざつ》な事情《じじょう》もないではなかった。そこで彼女は創作《そうさく》をはじめる前に、まず世間《せけん》の習慣《しゅうかん》どおり、縁談《えんだん》からきめてかかるべく余儀《よぎ》なくされた。

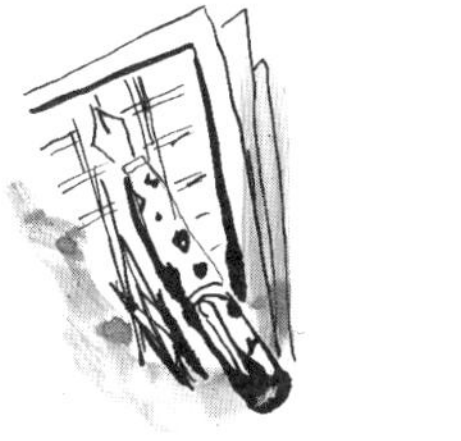

彼女《かのじょ》には俊吉《しゅんきち》という従兄《いとこ》があった。彼《かれ》は当時まだ大学の文科に籍《せき》をおいていたが、やはり将来《しょうらい》は作家仲間《さっかなかま》に身《み》を投《とう》ずる意志《いし》があるらしかった。信子《のぶこ》はこの従兄の大学生と、昔《むかし》から親しく往来《ゆきき》していた。それがたがいに文学という共通《きょうつう》の話題《わだい》ができてからは、いよいよ親しみが増《ま》したようであった。ただ、彼は信子とちがって、当世流行《とうじりゅうこう》のトルストイズムなどにはいっこう敬意《けいい》を表《ひょう》さなかった。そうして始終《しじゅう》フランス仕込《じこ》みの皮肉《ひにく》や警句《けいく》ばかりならべていた。こういう俊吉の冷笑的《れいしょうてき》な態度《たいど》は、時々万事《ばんじ》まじめな信子をおこらせてしまうことがあった。が、彼女はおこりながらも俊吉の皮肉や警句の中に、なにか軽蔑《けいべつ》できないものを感《かん》じないわけにはいかなかった。

だから彼女は在学中《ざいがくちゅう》も、彼といっしょに展覧会《てんらんかい》や音楽会へ行くことがまれではなかった。もっともたいていそんなときには、妹の照子《てるこ》も同伴《いっしょ》であった。彼ら三人は行きもかえりも、きがねなく笑《わら》ったり話したりした。が、妹の照子だけは、時々話の圏《けん》外《がい》へ置《お》きざりにされることもあった。それでも照子は子供《こども》らしく、飾《かざ》り窓《まど》の中のパラソルや絹《きぬ》のショオルをのぞき歩いて、かくべつ閑却《かんきゃく》されたことを不平《ふへい》に思ってもいないらしかった。信子はしかしそれに気がつくと、かならず話頭《わとう》を転換《てんかん》して、すぐにまたもとのとおり妹にも口をきかせようとした。そのくせまず照子《てるこ》を忘《わす》れるものは、いつも信子自身《のぶこじしん》であった。俊吉《しゅんきち》はすべてに無頓着《むとんじゃく》なのか、あいかわらず気のきいた冗談《じょうだん》ばかり投《な》げつけながら、目まぐるしい往来《おうらい》の人通りの中を、大またにゆっくり歩いていった。……

信子《のぶこ》と従兄《いとこ》との間がらは、もちろんだれの目に見ても、来《きた》るべき彼《かれ》らの結婚《けっこん》を予想《よそう》させるのにじゅうぶんであった。同窓《どうそう》たちは彼女《かのじょ》の未来《みらい》をてんでにうらやんだりねたんだりした。ことに俊吉を知らないものは、(滑稽《こっけい》と言うよりほかはないが)いっそうこれがはなはだしかった。信子もまた一方では彼らの推測《すいそく》を打《う》ち消《け》しながら、他方《たほう》ではそのたしかなことをそれとなく故意《こい》にほのめかせたりした。したがって同窓たちの頭《あたま》の中には、彼らが学校を出るまでのあいだに、いつか彼女と俊吉との姿《すがた》が、あたかも新婦新郎《しんぷしんろう》の写真《しゃしん》のごとく、いっしょにはっきり焼《や》きつけられていた。

ところが学校を卒業《そつぎょう》すると、信子は彼らの予期《よき》に反《はん》して、大阪《おおさか》のある商事会社《しょうじがいしゃ》へ近ごろ勤務《きんむ》することになった、高商出身《こうしょうしゅっしん》の青年と、突然《とつぜん》結婚してしまった。そうして式《しき》後《ご》二―三日してから、新夫《しんぷ》といっしょに勤《つと》め先《さき》の大阪へむけて立ってしまった。そのとき中央停車場《ちゅうおうていしゃじょう》へ見送《みおく》りに行ったものの話によると、信子《のぶこ》はいつもとかわりなく、晴れ晴れした微笑《びしょう》を浮《う》かべながら、ともすれば涙《なみだ》を落《お》としがちな妹の照子《てるこ》をいろいろとなぐさめていたということであった。

同窓《どうそう》たちはみな不思議《ふしぎ》がった。その不思議がる心の中には、妙《みょう》にうれしい感情《かんじょう》と、前とは全然《ぜんぜん》ちがった意味《いみ》でねたましい感情とがまじっていた。ある者《もの》は彼女《かのじょ》を信頼《しんらい》して、すべてを母親の意志《いし》に帰《き》した。またあるものは彼女をうたがって、心がわりしたとも言いふらした。が、それらの解釈《かいしゃく》が結局想像《けっきょくそうぞう》にすぎないことは、彼《かれ》ら自身《じしん》さえ知らないわけではなかった。彼女はなぜ俊吉《しゅんきち》と結婚《けっこん》しなかったか？　彼らはその後《ご》しばらくのあいだ、よるとさわると重大《じゅうだい》らしく、かならずこの疑問《ぎもん》を話題《わだい》にした。そうしてかれこれ二月《ふたつき》ばかりたつと――まったく信子を忘《わす》れてしまった。もちろん彼女が書くはずだった長編小説《ちょうへんしょうせつ》の噂《うわさ》なぞも。

信子はそのあいだに大阪《おおさか》の郊外《こうがい》へ、幸福《こうふく》なるべき新家庭《しんかてい》をつくった。彼らの家はその界隈《かいわい》でも、もっとも閑静《かんせい》な松林《まつばやし》にあった。松脂《まつやに》の匂《にお》いと日の光と、――それがいつでも夫《おっと》の留子《るす》は、二階建《かいだ》ての新しい借家《しゃくや》の中に、いきいきした沈黙《ちんもく》を領《りょう》していた。信《のぶ》子《こ》はそういう寂《さび》しい午後、時々理由《りゆう》もなく気がしずむと、きっと針箱《はりばこ》の引きだしをあけては、その底《そこ》にたたんでしまってある桃色《ももいろ》の書簡箋《しょかんせん》をひろげて見た。書簡箋の上にはこんなことが、こまごまとペンで書いてあった。

「――もう今日《きょう》かぎりお姉様《ねえさま》とごいっしょにいることができないと思うと、これを書いているあいだでさえ、とめどなく涙《なみだ》があふれてきます。お姉様。どうか、私をおゆるしください。照子《てるこ》はもったいないお姉様の犠牲《ぎせい》の前に、なんと申《もう》しあげていいかもわからずにおります。

お姉様は私のために、こんどのご縁談《えんだん》をおきめになりました。そうではないとおっしゃっても、私にはよくわかっております。いつぞやごいっしょに帝劇《ていげき》を見物《けんぶつ》した晩《ばん》、お姉様は私に俊《しゅん》さんは好《す》きかとおききになりました。それからまたすきならば、お姉様がきっと骨《ほね》を折《お》るから、俊さんのところへ行けともおっしゃいました。あのときもうお姉様は、私が俊さんにさしあげるはずの手紙を読んでいらしったのでしょう。あの手紙がなくなったとき、ほんとうに私はお姉様をおうらめしく思いました。（ご免《めん》遊《あそ》ばせ。このことだけでも私はどのくらい申しわけがないかわかりません）ですからその晩《ばん》も私には、お姉様《ねえさま》の親切なお言葉《ことば》も、皮肉《ひにく》のような気さえいたしました。私がおこってお返事《へんじ》らしいお返事もろくにいたさなかったことは、もちろんお忘《わす》れになりもなさりますまい。けれどもあれから二－三日たって、お姉様のご縁談《えんだん》が急《きゅう》にきまってしまったとき、私はそれこそ死《し》んででも、おわびをしようかと思いました。お姉様も俊《しゅん》さんがお好《す》きなのでございますもの。（おかくしになってはいや。私はよくぞんじておりましてよ）私のことさえおかまいにならなければ、きっとご自分が俊さんのところへいらしったのにちがいございません。それでもお姉様は私に、俊さんなぞは思っていないと、なんどもくりかえしておっしゃいました。そうしてとうとう心にもないご結婚《けっこん》をなすっておしまいになりました。私のだいじなお姉様。私が今日《きょう》鶏《にわとり》をだいてきて、大阪《おおさか》へいらっしゃるお姉様に、ごあいさつをなさいと申《もう》したことをまだおぼえていらしって？　私は飼《か》っている鶏にも、私といっしょにお姉様へおわびを申してもらいたかったの。そうしたら、なんにもごぞんじないお母様《かあさま》までお泣《な》きになりましたのね。

お姉様。もう明日《あす》は大阪へいらしっておしまいなさるでしょう。けれどもどうかいつまでも、お姉様《ねえさま》の照子《てるこ》を見すてずにちょうだい、照子は毎朝鶏《にわとり》に餌《えさ》をやりながら、お姉様のことを思いだして、だれにも知れず泣《な》いています。……」

信子《のぶこ》はこの少女らしい手紙を読むごとに、かならず涙《なみだ》がにじんできた。ことに中央《ちゅうおう》停車場《ていしゃじょう》から汽車に乗《の》ろうとするまぎわ、そっとこの手紙を彼女《かのじょ》に渡《わた》した照子の姿《すがた》を思いだすと、なんとも言われずにいじらしかった。が、彼女の結婚《けっこん》ははたして妹の想像《そうぞう》どおり、全然《ぜんぜん》犠牲的《ぎせいてき》なそれであろうか。そうたがいをさしはさむことは、涙のあとの彼女の心へ、重苦《おもくる》しい気もちをひろげがちであった。信子はこの重苦しさをさけるために、たいていはじっとこころよい感傷《かんしょう》の中にひたっていた。そのうちに外の松林《まつばやし》へいちめんにあたった日の光が、だんだん黄ばんだ暮《く》れ方《がた》の色にかわっていくのをながめながら。

二

結婚後かれこれ三月《みつき》ばかりは、あらゆる新婚《しんこん》の夫婦《ふうふ》のごとく、彼《かれ》らもまた幸福《こうふく》な日を送《おく》った。

夫《おっと》はどこか女性的《じょせいてき》な、口数をきかない人物《じんぶつ》であった。それが毎日会社から帰ってくると、かならず晩飯後《ばんめしご》の何時間かは、信子《のぶこ》といっしょにすごすことにしていた。信子は編《あ》み物《もの》の針《はり》を動《うご》かしながら、近ごろ世間《せけん》にさわがれている小説《しょうせつ》や戯曲《ぎきょく》の話などもした。その話の中には時によると、キリスト教の匂《にお》いのする女子大学趣味《しゅみ》の人生観《じんせいかん》が織《お》りこまれていることもあった。夫は晩酌《ばんしゃく》のほおを赤らめたまま、読みかけた夕刊《ゆうかん》をひざへのせて、めずらしそうに耳をかたむけていた。が、彼自身《かれじしん》の意見《いけん》らしいものは、ひとこともくわえたことがなかった。

彼らはまたほとんど日曜ごとに、大阪《おおさか》やその近郊《きんこう》の遊覧地《ゆうらんち》へ気散《きさん》じな一日を暮《く》らしにいった。信子は汽車電車へ乗《の》るたびに、どこでも飲食《いんしょく》することをはばからない関西《かんさい》人《じん》がみな卑《いや》しく見えた。それだけおとなしい夫の態度《たいど》が、格段《かくだん》に上品《じょうひん》なのをうれしく感《かん》じた。実際身綺麗《じっさいみぎれい》な夫の姿《すがた》は、そういう人中《ひとなか》にまじっていると、帽子《ぼうし》からも、背広《せびろ》からも、あるいはまた赤皮《あかがわ》の編《あ》み上《あ》げからも、化粧《けしょう》せっけんの匂《にお》いに似《に》た、一種清新《いっしゅせいしん》なふんいきを放散《ほうさん》させているようであった。ことに夏の休暇中《きゅうかちゅう》、舞子《まいこ》まで足をのばしたときには、おなじ茶屋《ちゃや》にきあわせた夫の同僚《どうりょう》たちにくらべて見て、いっそう誇《ほこ》りがましいような心もちがせずにはいられなかった。が、夫《おっと》はその下卑《げび》た同僚《どうりょう》たちに、存《ぞん》外《がい》親しみをもっているらしかった。

そのうち信子《のぶこ》は長いあいだ、捨《す》ててあった創作《そうさく》を思いだした。そこで夫の留守《るす》のうちだけ、一‐二時間ずつ机《つくえ》にむかうことにした。夫はその話を聞くと、「いよいよ女流《じょりゅう》作家《さっか》になるかね」と言って、やさしい口もとに薄笑《うすわら》いを見せた。しかし机にはむかうにしても、思いのほかペンは進《すす》まなかった。彼女《かのじょ》はぼんやりほお杖《づえ》をついて、炎天《えんてん》の松林《まつばやし》の蟬《せみ》の声に、われ知れず耳をかたむけている彼女自身《かのじょじしん》をみいだしがちであった。

ところが残暑《ざんしょ》が初秋《しょしゅう》へふりかわろうとする時分、夫はある日会社のでがけに、汗《あせ》じみた襟《えり》を取《と》りかえようとした。が、あいにく襟は一本のこらず洗濯屋《せんたくや》の手にわたっていた。夫は日ごろ身綺麗《みぎれい》なだけに、不快《ふかい》らしく顔《かお》をくもらせた。そうしてズボン吊《つ》りをかけながら、「小説《しょうせつ》ばかり書いていちゃこまる」といつになくいや味《み》を言った。信子はだまって目を伏《ふ》せて、上衣《うわぎ》のほこりをはらった。

それから二‐三日すぎたある夜、夫は夕刊《ゆうかん》にでていた食糧問題《しょくりょうもんだい》から、月々の経費《けいひ》をもう少し軽減《けいげん》できないものかと言いだした。「おまえだっていつまでも女学生じゃあるまいし」——そんなことも口へだした。信子《のぶこ》は気のない返事《へんじ》をしながら、夫《おっと》の襟飾《えりかざ》りの絽刺《ろぎ》しをしていた。すると夫は意外《いがい》なくらい執拗《しつよう》に、「その襟飾りにしてもさ、買うほうがかえって安《やす》くつくじゃないか」と、やはりねちねちした調子《ちょうし》で言った。彼女《かのじょ》はなおさら口がきけなくなった。夫もしまいには白《しら》けた顔《かお》をして、つまらなそうに商売《しょうばい》むきの雑誌《ざっし》かなにかばかり読んでいた。が、寝室《しんしつ》の電燈《でんとう》を消《け》してから、信子は夫に背《せ》をむけたまま、「もう小説《しょうせつ》なんぞ書きません」とささやくような声で言った。夫はそれでもだまっていた。しばらくして彼女は、おなじ言葉《ことば》を前よりもかすかにくりかえした。それからまもなく泣《な》く声がもれた。夫は二言三言《ふたことみこと》彼女をしかった。そのあとでも彼女のすすり泣きは、まだ絶《た》え絶《だ》えに聞こえていた。が、信子はいつのまにか、しっかりと夫にすがっていた。……

翌日彼《よくじつかれ》らはまたもとのとおり、仲《なか》のいい夫婦《ふうふ》にかえっていた。

と思うとこんどは十二時すぎても、まだ夫が会社から帰ってこない晩《ばん》があった。しかもようやく帰ってくると、雨外套《あまがいとう》も一人ではぬげないほど、酒《さけ》くさいにおいを呼吸《こきゅう》していた。信子は眉《まゆ》をひそめながら、かいがいしく夫に着《き》かえさせた。夫はそれにもかかわらず、まわらない舌《した》で皮肉《ひにく》さえ言った。「今夜はぼくが帰らなかったから、よっぽど小説《しょうせつ》がはかどったろう」――そういう言葉《ことば》が、何度《なんど》となく女のような口からでた。彼女《かのじょ》はその晩床《ばんとこ》にはいると、思わず涙《なみだ》がほろほろ落《お》ちた。こんなところを照子《てるこ》が見たら、どんなにいっしょに泣《な》いてくれるであろう。照子。照子。私がたよりに思うのは、たったおまえ一人ぎりだ。――信子《のぶこ》はたびたび心の中でこう妹に呼《よ》びかけながら、夫《おっと》の酒《さけ》くさい寝息《ねいき》に苦《くる》しまされて、ほとんど夜中《よじゅう》まんじりともせずに、寝《ね》がえりばかりうっていた。

が、それもまた翌日《よくじつ》になると、自然《しぜん》と仲《なか》なおりができあがっていた。

そんなことが何度かくりかえされるうちに、だんだん秋が深《ふか》くなってきた。信子はいつか机《つくえ》にむかって、ペンをとることが稀《まれ》になった。そのときにはもう夫のほうも、前ほど彼女の文学談《ぶんがくだん》をめずらしがらないようになっていた。彼《かれ》らは夜ごとに長火鉢《ながひばち》をへだてて、瑣末《さまつ》な家庭《かてい》の経済《けいざい》の話に時間を殺《ころ》すことをおぼえだした。その上またこういう話題《わだい》は、少なくとも晩酌後《ばんしゃくご》の夫にとって、もっとも興味《きょうみ》があるらしかった。それでも信子は気《き》の毒《どく》そうに、時々夫の顔色《かおいろ》をうかがってみることがあった。が、彼は何も知らず、近ごろのばしたひげを噛《か》みながら、いつもよりよほど快活《かいかつ》に、「これで子《こ》供《ども》でもできて見ると――」なぞと、考え考え話していた。

するとそのころから月々の雑誌《ざっし》に、従兄《いとこ》の名前が見えるようになった。信子《のぶこ》は結婚《けっこん》後《ご》忘《わす》れたように、俊吉《しゅんきち》との文通を絶《た》っていた。ただ、彼《かれ》の動静《どうせい》は、――大学の文科を卒業《そつぎょう》したとか、同人雑誌《どうじんざっし》をはじめたとかいうことは、妹から手紙で知るだけであった。またそれ以上《いじょう》彼のことを知りたいと言う気もおこさなかった。が、彼の小説《しょうせつ》が雑誌にのっているのを見ると、なつかしさは昔《むかし》とおなじであった。彼女《かのじょ》はそのページをはぐりながら、何度《なんど》もひとり微笑《びしょう》をもらした。俊吉《しゅんきち》はやはり小説《しょうせつ》の中でも、冷笑《れいしょう》と諧謔《かいぎゃく》との二つの武器《ぶき》を宮本武蔵《みやもとむさし》のように使《つか》っていた。彼女にはしかし気のせいか、その軽快《けいかい》な皮肉《ひにく》のうしろに、なにか今までの従兄にはない、寂《さび》しそうな捨《す》てばちの調子《ちょうし》がひそんでいるように思われた。と同時にそう思うことが、うしろめたいような気もしないではなかった。

信子はそれ以来夫《いらいおっと》に対《たい》して、いっそうやさしくふるまうようになった。夫は夜寒《よさむ》の長火鉢《ながひばち》のむこうに、いつもはればれと微笑している彼女の顔《かお》をみいだした。その顔は以前《いぜん》より若々《わかわか》しく、化粧《けしょう》をしているのが常《つね》であった。彼女《かのじょ》は針仕事《はりしごと》の店をひろげながら、彼《かれ》らが東京《とうきょう》で式《しき》をあげた当時の記憶《きおく》なぞも話したりした。夫《おっと》にはその記憶のこまかいのが、意外《いがい》でもあり、うれしそうでもあった。「おまえはよくそんなことまでおぼえているね」——夫にこうからかわれると、信子《のぶこ》はかならず無言《むごん》のまま、目にだけこびのある返事《へんじ》をみせた。が、なぜそれほど忘《わす》れずにいるか、彼女自身《かのじょじしん》も心の内では、不思議《ふしぎ》に思うことがたびたびあった。

それからほどなく、母の手紙が、信子に妹の結納《ゆいのう》がすんだということを報《ほう》じてきた。その手紙の中にはまた、俊吉《しゅんきち》が照子《てるこ》を迎《むか》えるために、山の手のある郊外《こうがい》へ新居《しんきょ》をもうけたこともつけくわえてあった。彼女は早速《さっそく》母と妹とへ、長い祝《いわ》いの手紙を書いた。「なにぶん当方《とうほう》は無人故《ぶにんゆえ》、式には不本意《ふほんい》ながら参《まい》りかね候《そうら》えども……」——そんな文句《もんく》を書いているうちに、(彼女にはなぜかわからなかったが)筆《ふで》のしぶることも再三《さいさん》あった。すると彼女は目をあげて、かならず外の松林《まつばやし》をながめた。松は初冬《しょとう》の空の下に、そうそうと蒼黒《あおぐろ》く茂《しげ》っていた。

その晩信子《ばんのぶこ》と夫《おっと》とは、照子《てるこ》の結婚《けっこん》を話題《わだい》にした。夫はいつもの薄笑《うすわら》いを浮《う》かべながら、彼女《かのじょ》が妹の口まねをするのを、おもしろそうに聞いていた。が、彼女にはなんとなく、彼女自身《かのじょじしん》に照子のことを話しているような心もちがした。「どれ、寝《ね》るかな」――二 - 三時間ののち、夫はやわらかなひげをなでながら、大儀《たいぎ》そうに長火鉢《ながひばち》の前をはなれた。信子はまだ妹へ祝《いわ》ってやる品《しな》を決《けっ》しかねて、火箸《ひばし》で灰文字《はいもじ》を書いていたが、このとき急《きゅう》に顔《かお》をあげて、「でも妙《みょう》なものね、私にも弟が一人できるのだと思うと」と言った。「あたりまえじゃないか、妹もいるんだから」――彼女は夫にこう言われても、考え深《ぶか》い目つきをしたまま、なんとも返事《へんじ》をしなかった。

照子と俊吉《しゅんきち》とは、師走《しわす》の中旬《ちゅうじゅん》に式《しき》をあげた。当日は、昼少し前から、ちらちら白い物《もの》が落《お》ちはじめた。信子はひとり昼の食事《しょくじ》をすませたのち、いつまでもその時の魚《さかな》の匂《にお》いが、口についてはなれなかった。「東京《とうきょう》も雪が降《ふ》っているかしら」――こんなことを考えながら、信子はじっとうす暗《ぐら》い茶《ちゃ》の間《ま》の長火鉢にもたれていた。雪がいよいよ烈《はげ》しくなった。が、口中《こうちゅう》のなま臭《ぐさ》さは、やはり執念《しゅうね》く消《き》えなかった。……

三

信子《のぶこ》はその翌年《よくねん》の秋、社命《しゃめい》をおびた夫《おっと》といっしょに、ひさしぶりで東京《とうきょう》の土を踏《ふ》んだ。が、短《みじか》い日限内《にちげんない》に、はたすべき用むきの多かった夫は、ただ彼女《かのじょ》の母親のところへ、来そうそう顔をだしたときのほかは、ほとんど一日も彼女をつれて、外出する機《き》会《かい》をみいださなかった。彼女はそこで妹夫婦《いもうとふうふ》の郊外《こうがい》の新居《しんきょ》をたずねるときも、新開地《しんかいち》じみた電車の終点《しゅうてん》から、たった一人車にゆられていった。

彼《かれ》らの家は、町なみが葱畑《ねぎばたけ》にうつる近くにあった。しかし隣近所《となりきんじょ》には、いずれも借《しゃく》家《や》らしい新築《しんちく》が、せせこましく軒《のき》をならべていた。軒打《のきう》ちの門、*要《かなめ》もちの垣《かき》、それから竿《さお》にほした洗濯物《せんたくもの》、——すべてがどの家もかわりはなかった。この平凡《へいぼん》な住《す》まいのようすは、多少信子《のぶこ》を失望《しつぼう》させた。

が、彼女が案内《あんない》を求《もと》めたとき、声におうじてでてきたのは、意外《いがい》にも従兄《いとこ》のほうであった。俊吉《しゅんきち》は以前《いぜん》とおなじように、この珍客《ちんきゃく》の顔《かお》を見ると、「やあ」と快活《かいかつ》な声をあげた。彼女は彼がいつのまにか、いが栗頭《ぐりあたま》でなくなったのを見た。「しばらく」「さ

＊ばら科の常緑木《じょうりょくぼく》。五—六月ごろ、白い小花をつけて、秋、果実《かじつ》は熟《じゅく》して赤くなる。いけがき用

あ、おあがり。あいにくぼく一人だが」「照子《てるこ》は？　留子《るす》？」「使《つか》いにいった。女中《じょちゅう》も」——信子《のぶこ》は妙《みょう》にはずかしさを感《かん》じながら、はでな裏《うら》のついたコートをそっと玄関《げんかん》のすみにぬいだ。

俊吉《しゅんきち》は彼女《かのじょ》を書斎兼客間《しょさいけんきゃくま》の八畳《じょう》へすわらせた。座敷《ざしき》の中にはどこを見ても、本ばかり乱雑《らんざつ》に積《つ》んであった。ことに午後の日のあたった障子《しょうじ》ぎわの、小さな紫檀《したん》の机《つくえ》のまわりには、新聞雑誌《しんぶんざっし》や原稿用紙《げんこうようし》が、手のつけようもないほど散《ち》らかっていた。その中に若《わか》い細君《さいくん》の存在《そんざい》を語っているものは、ただ床《とこ》の間《ま》の壁《かべ》にたてかけた、新しい一面《めん》の琴《こと》だけであった。信子はこういう周囲《しゅうい》から、しばらくものめずらしい目をはなさなかった。

「くることは手紙で知っていたけれど、今日《きょう》こようとは思わなかった。」——俊吉は巻《ま》きたばこへ火をつけると、さすがになつかしそうな目つきをした。「どうです、大阪《おおさか》のご生活は？」「俊さんこそいかが？　幸福《こうふく》？」——信子もまた二言三言《ふたことみこと》話すうちに、やはり昔《むかし》のようななつかしさが、よみがえってくるのを意識《いしき》した。文通さえろくにしなかった、かれこれ二年越《ご》しの気まずい記憶《きおく》は、思ったより彼女をわずらわさなかった。

彼《かれ》らは一つ火鉢《ひばち》に手をかざしながら、いろいろなことを話し合った。俊吉《しゅんきち》の小説《しょうせつ》だの、共通《きょうつう》な知人の噂《うわさ》だの、東京《とうきょう》と大阪《おおさか》との比較《ひかく》だの、話題《わだい》はいくら話しても、つきないくらいたくさんあった。が、二人とも言い合わせたように、全然《ぜんぜん》暮《く》らしむきの問題《もんだい》にはふれなかった。それが信子《のぶこ》にはいっそう従兄《いとこ》と、話しているという感《かん》じを強くさせた。

時々はしかし沈黙《ちんもく》が、二人のあいだにくることもあった。そのたびに彼女《かのじょ》は微笑《びしょう》したまま、目を火鉢の灰《はい》に落《お》とした。そこには待《ま》つとはいえないほど、かすかになにかを待つ心もちがあった。すると故意《こい》か偶然《ぐうぜん》か、俊吉はすぐに話題《わだい》を見つけて、いつもその心もちを打《う》ちやぶった。

彼女はしだいに従兄の顔《かお》をうかがわずにはいられなくなった。が、彼は平然《へいぜん》と巻《ま》きたばこの煙《けむり》を呼吸《こきゅう》しながら、かくべつ不自然《ふしぜん》な表情《ひょうじょう》をよそおっている気色《けしき》も見えなかった。

そのうちに照子《てるこ》が帰ってきた。彼女は姉の顔を見ると、手を取《と》り合わないばかりにうれしがった。信子《のぶこ》もくちびるは笑《わら》いながら、目にはいつかもう涙《なみだ》があった。二人はしばらくは俊吉《しゅんきち》も忘《わす》れて、去年以来《きょねんいらい》の生活をたがいにたずねたりたずねられたりしていた。ことに照子《てるこ》はいきいきと、血《ち》の色をほおに透《す》かせながら、今でも飼《か》っている鶏《にわとり》のことまで、話して聞かせることを忘《わす》れなかった。俊吉は巻《ま》きたばこをくわえたまま、満足《まんぞく》そうに二人をながめて、あいかわらずにやにや笑《わら》っていた。

そこへ女中も帰ってきた。俊吉はその女中の手から、何枚《なんまい》かのはがきをうけとると、早速《さっそく》そばの机《つくえ》へむかって、せっせとペンを動《うご》かしはじめた。照子は女中も留守《るす》だったことが、意外《いがい》らしい気色《けしき》を見せた。「じゃお姉様《ねえさま》がいらしったときは、だれも家《うち》にいなかったの」「ええ、俊さんだけ」――信子はこう答えることが、平気《へいき》を強《し》いるような心もちがした。すると俊吉がむこうをむいたなり、「旦那様《だんなさま》に感謝《かんしゃ》しろ。その茶もぼくがいれたんだ」と言った。照子は姉と目を見あわせて、いたずらそうにくすりと笑《わら》った。が、夫《おっと》にはわざとらしく、なんとも返事《へんじ》をしなかった。

まもなく信子は、妹夫婦《いもうとふうふ》といっしょに、晩飯《ばんめし》の食卓《しょくたく》をかこむことになった。照子の説明《せつめい》するところによると、膳《ぜん》にあがったたまごはみな、家《うち》の鶏が産《う》んだものであった。

俊吉《しゅんきち》は信子《のぶこ》にぶどう酒《しゅ》をすすめながら、「人間の生活は掠奪《りゃくだつ》で持《も》っているんだね。小はこのたまごから――」なぞと社会主義《しゃかいしゅぎ》じみた理屈《りくつ》をならべたりした。そのくせここにいる三人の中で、いちばんたまごに愛着《あいちゃく》のあるのは俊吉自身《しゅんきちじしん》にちがいなかった。照《てる》子《こ》はそれがおかしいと言って、子供《こども》のような笑《わら》い声《ごえ》をたてた。信子はこういう食卓《しょくたく》の空気にも、遠い松林《まつばやし》の中にある、寂《さび》しい茶《ちゃ》の間《ま》の暮《く》れ方《がた》を思いださずにいられなかった。

話は食後の果物《くだもの》を荒《あ》らしたのちもつきなかった。微酔《びすい》をおびた俊吉は、夜長《よなが》の電燈《でんとう》の下にあぐらをかいて、さかんに彼一流《かれいちりゅう》の詭弁《きべん》を弄《ろう》した。その談論風発《だんろんふうはつ》が、もう一度《ど》信子を若《わか》がえらせた。彼女《かのじょ》は熱《ねつ》のある目つきをして、「私も小説《しょうせつ》を書きだそうかしら」と言った。すると従兄《いとこ》は返事《へんじ》をするかわりに、[*1]グウルモンの警句《けいく》をほうりつけた。それは「[*2]ミュウズたちは女だから、彼らを自由《じゆう》にとりこにするものは、男だけだ」という言葉《ことば》であった。信子と照子とは同盟《どうめい》して、グウルモンの権威《けんい》をみとめなかった。

「じゃ女でなけりゃ、音楽家になれなくって？ [*3]アポロは男じゃありませんか」――照《てる》

＊1 Rémy de Gourmont フランスの象徴派《しょうちょうは》の詩人、評論家《ひょうろんか》（一八五九―一九一五年） ＊2 Muse ギリシア神話《しんわ》の詩・美術《びじゅつ》・音楽をつかさどる九人の女神《めがみ》の総称《そうしょう》。歌によって神を楽しませもする ＊3 Apollo ギリシア神話の男神。音楽・医術《いじゅつ》・知恵《ちえ》・青春《せいしゅん》などの神

子《こ》はまじめにこんなことまで言った。

その暇《ひま》に夜がふけた。信子《のぶこ》はとうとう泊《と》まることになった。寝《ね》る前に俊吉《しゅんきち》は、縁側《えんがわ》の雨戸を一枚《まい》あけて、寝間着《ねまき》のまませまい庭《にわ》へおりた。それからだれを呼《よ》ぶともなく、「ちょいとでてごらん。いい月だから」と声をかけた。信子はひとり彼《かれ》のあとから、くつぬぎの庭下駄《にわげた》へ足をおろした。たびをぬいだ彼女《かのじょ》の足には、つめたい露《つゆ》の感《かん》じがあった。

月は庭《にわ》のすみにある、やせがれた檜《ひのき》の梢《こずえ》にあった。従兄《いとこ》はその檜の下に立って、うす明るい夜空をながめていた。「たいへん草がはえているのね」――信子は荒《あ》れた庭を気味《きみ》わるそうに、おずおず彼のいるほうへ歩みよった。が、彼はやはり空を見あげながら「十三夜かな」とつぶやいただけであった。

しばらく沈黙《ちんもく》がつづいたのち、俊吉は静《しず》かに目をかえして、「鶏小屋《とりごや》へ行ってみようか」と言った、信子はだまってうなずいた。鶏小屋はちょうど檜とは反対《はんたい》の庭のすみにあった。二人は肩《かた》をならべながら、ゆっくりとそこまで歩いていった。しかしむしろ囲《がこ》いのうちには、ただ鶏《にわとり》の匂《にお》いのする、おぼろげな光と影《かげ》ばかりがあった。俊吉はその小屋をのぞいて見て、ほとんどひとりごとかと思うように、「寝《ね》ている」と彼女《かのじょ》にささやいた。「たまごを人に取《と》られた鶏《にわとり》が」――信子《のぶこ》は草の中にたたずんだまま、そう考えずにはいられなかった。……

二人が庭《にわ》からかえってくると、照子《てるこ》は夫《おっと》の机《つくえ》の前に、ぼんやり電燈《でんとう》をながめていた。青い横ばいがたった一つ、笠《かさ》に這《は》っている電燈を。

四

翌朝俊吉《よくちょうしゅんきち》は一張羅《いっちょうら》の背広《せびろ》を着《き》て、食後そうそう玄関《げんかん》へ行った。なんでも亡友《ぼうゆう》の一周《しゅう》忌《き》の墓参《ぼさん》をするのだとかいうことであった。

「いいかい。待《ま》っているんだぜ。昼《ひる》ごろまでにゃきっと帰ってくるから」――彼《かれ》は外《がい》套《とう》をひっかけながら、こう信子に念《ねん》を押《お》した。が彼女《かのじょ》は華奢《きゃしゃ》な手に彼の*中折《なかお》れを持《も》ったまま、だまって微笑《びしょう》したばかりであった。

照子は夫《おっと》を送《おく》りだすと、姉を長火鉢《ながひばち》のむこうに招《しょう》じて、まめまめしく茶をすすめなどした。隣《となり》の奥《おく》さんの話、訪問記者《ほうもんきしゃ》の話、それから俊吉と見にいったある外国の歌劇《かげき》

＊中折《なかお》れ帽子《ぼうし》

団《だん》の話、――そのほか愉快《ゆかい》なるべき話題《わだい》が、彼女《かのじょ》にはまだいろいろあるらしかった。が、信子《のぶこ》の心はしずんでいた。彼女はふと気がつくと、いつもいいかげんな返事《へんじ》ばかりしている彼女自身《かのじょじしん》がそこにあった。それがとうとうしまいには、照子《てるこ》の目にさえとまるようになった。妹は心配《しんぱい》そうに彼女の顔《かお》をのぞきこんで、「どうして？」とたずねてくれたりした。しかし信子にもどうしたのだか、はっきりしたことはわからなかった。

柱時計《はしらどけい》が十時を打《う》ったとき、信子はものうそうな目をあげて、「俊《しゅん》さんはなかなか帰りそうもないわね」と言った。照子は姉の言葉《ことば》につれて、ちょいと時計をあおいだが、これは存外冷淡《ぞんがいれいたん》に、「まだ――」とだけしか答えなかった。信子にはその言葉の中に、夫《おっと》の愛《あい》にあきたりている新妻《にいづま》の心があるような気がした。そう思うといよいよ彼女の気もちは、憂鬱《ゆううつ》にかたむかずにはいられなかった。

「照さんは幸福ね」――信子はあごを半襟《はんえり》にうずめながら、冗談《じょうだん》のようにこう言った。が、自然《しぜん》とそこへ忍《しの》びこんだ、まじめな羨望《せんぼう》の調子《ちょうし》だけは、どうすることもできなかった。照子はしかし無邪気《むじゃき》らしく、やはりいきいきと微笑《びしょう》しながら、「おぼえていらっしゃい」とにらむ真似《まね》をした。それからすぐにまた「お姉様《ねえさま》だって幸福のくせに」と、あまえるようにつけくわえた。その言葉《ことば》がぴしりと信子《のぶこ》を打《う》った。

彼女《かのじょ》は心もちまぶたをあげて、「そう思って？」と問いかえした。問いかえして、すぐに後悔《こうかい》した。照子《てるこ》は一瞬間妙《いっしゅんかんみょう》な顔《かお》をして、姉と目を見あわせた。その顔にもまたおおいがたい後悔《こうかい》の心が動《うご》いていた。信子は強《し》いて微笑《びしょう》した。——「そう思われるだけでも幸福ね」

二人のあいだには沈黙《ちんもく》がきた。彼《かれ》らは柱時計《はしらどけい》の時をきざむ下に、長火鉢《ながひばち》の鉄《てつ》びんがたぎる音を聞くともなく聞《き》き澄《す》ませていた。

「でもお兄様《にいさま》はおやさしくはなくって？」——やがて照子は小さな声で、おそるおそるこうたずねた。その声の中にはあきらかに、気《き》の毒《どく》そうなひびきがこもっていた。が、この場合信子の心は、なによりも憐憫《れんびん》を反発《はんぱつ》した。彼女は新聞をひざの上へのせて、それに目を落《お》としたなり、わざとなんとも答えなかった。新聞には大阪《おおさか》とおなじように、米価問題《べいかもんだい》がかかげてあった。

そのうちに静《しず》かな茶《ちゃ》の間《ま》の中には、かすかに人の泣《な》くけはいが聞こえだした。信子は新聞から目をはなして、たもとに顔《かお》をあてた妹を長火鉢《ながひばち》のむこうに見いだした。

「泣《な》かなくったっていいのよ」――照子《てるこ》は姉にそうなぐさめられても、容易《ようい》に泣きやもうとはしなかった。信子《のぶこ》は残酷《ざんこく》なよろこびを感《かん》じながら、しばらくは妹のふるえる肩《かた》へ無言《むごん》の視線《しせん》をそそいでいた。それから女中《じょちゅう》の耳をはばかるように、照子のほうへ顔をやりながら、「わるかったら、私があやまるわ。私は照さんさえ幸福なら、なによりありがたいと思っているの。ほんとうよ。俊《しゅん》さんが照さんを愛《あい》していてくれれば――」と、低《ひく》い声で言いつづけた。言いつづけるうちに、彼女《かのじょ》の声も、彼女自身《かのじょじしん》の言葉《ことば》に動《うご》かされて、だんだん感傷的《かんしょうてき》になりはじめた。すると突然《とつぜん》照子は袖《そで》を落《お》として、涙《なみだ》にぬれている顔をあげた。彼女の目の中には、意外《いがい》なことに、悲しみも怒《いか》りも見えなかった。が、ただ、おさえきれない嫉妬《しっと》の情《じょう》が、燃《も》えるように瞳《ひとみ》を火照《ほて》らせていた。

「じゃお姉様《ねえさま》は――お姉様はなぜ昨夜《ゆうべ》も――」照子はみなまで言わないうちに、また顔を袖にうずめて、発作的《ほっさてき》にはげしく泣きはじめた。……

二、三時間ののち、信子は電車の終点《しゅうてん》に急《いそ》ぐべく、幌車《ほろぐるま》の上にゆられていた。彼女の目にはいる外の世界《せかい》は、前部《ぜんぶ》の幌を切りぬいた、四角なセルロイドの窓《まど》だけであった。

そこには場末《ばすえ》らしい家々と色づいた雑木《ぞうき》の梢《こずえ》とが、おもむろにしかも絶《た》えまなく、あとへあとへと流《なが》れていった。もしその中に一つでも動《うご》かないものがあれば、それは薄《うす》雲《ぐも》をただよわせた、冷《ひ》ややかな秋の空だけであった。

彼女《かのじょ》の心は静《しず》かであった。が、その静かさを支配《しはい》するものは、寂《さび》しいあきらめにほかならなかった。照子《てるこ》の発作《ほっさ》が終《お》わったのち、和解《わかい》は新しい涙《なみだ》とともに、たやすく二人をもとのとおり仲《なか》のいい姉妹《きょうだい》にかえしていた。しかし事実《じじつ》は事実として、今でも信《のぶ》子《こ》の心をはなれなかった。彼女は従兄《いとこ》の帰りも待《ま》たずこの車上に身《み》を託《たく》したとき、すでに妹とは永久《えいきゅう》に他人《たにん》になったような心もちが、意地《いじ》わるく彼女の胸《むね》の中に氷《こおり》を張《は》らせていたのであった。——

信子はふと目をあげた。そのときセルロイドの窓《まど》の中には、ごみごみした町を歩いてくる、杖《つえ》をかかえた従兄の姿《すがた》が見えた。彼女の心は動揺《どうよう》した。車をとめようか。それともこのまま行きちがおうか。彼女は動悸《どうき》をおさえながら、しばらくはただ幌《ほろ》の下に、むなしい逡巡《しゅんじゅん》をかさねていた。が、俊吉《しゅんきち》と彼女との距離《きょり》は、見る見るうちに近くなってきた。彼《かれ》は薄日《うすび》の光をあびて、水たまりの多い往来《おうらい》にゆっくりと靴《くつ》をはこんでいた。

「俊《しゅん》さん」——そう言う声が一瞬間《いっしゅんかん》、信子《のぶこ》のくちびるからもれようとした。実際俊吉《じっさいしゅんきち》はそのときもう、彼女《かのじょ》の車のすぐそばに、見なれた姿《すがた》をあらわしていた。が、彼女はまたためらった。その暇《ひま》になにも知らない彼《かれ》は、とうとうこの幌車《ほろぐるま》とすれちがった。薄《うす》にごった空、まばらな屋並《やなみ》、高い木々の黄ばんだ梢《こずえ》、……あとにはあいかわらず人通りの少ない場末《ばすえ》の町があるばかりであった。

「秋——」

信子はうすら寒《さむ》い幌の下に、全身《ぜんしん》で寂《さび》しさを感《かん》じながら、しみじみこう思わずにはいられなかった。

杜《と》子《し》春《しゅん》

一

ある春の日暮《ひぐ》れです。

唐《とう》の都洛陽《らくよう》*1の西の門の下に、ぼんやり空をあおいでいる、一人の若者《わかもの》がありました。

若者の名を杜子春《としし ゅん》*2といって、もとは金持《かねも》ちの息子《むすこ》でしたが、今は財産《ざいさん》をつかいつくして、その日の暮《く》らしにもこまるくらい、あわれな身分《みぶん》になっているのです。

なにしろそのころ洛陽といえば、天下にならぶもののない、繁盛《はんじょう》をきわめた都《みやこ》ですから、往来《おうらい》にはまだしっきりなく、人や車が通っていました。門いっぱいにあたっている、油《あぶら》のような夕日の光の中に、老人《ろうじん》のかぶった紗《しゃ》*3の帽子《ぼうし》や、トルコの女の金の耳《みみ》

*1 現在の中国河南省《かなんしょう》の都市の旧名　*2 唐代《とうだい》（六一八‐九〇七年）の神仙《しんせん》小説「杜子春伝《としし ゅんでん》」の主人公　*3 生《き》糸《いと》の織物《おりもの》の一種。織り目があらく、軽くてうすい

環《わ》や、白馬《しろうま》にかざった色糸の手綱《たづな》が、たえず流《なが》れて行くようすは、まるで絵のような美《うつく》しさです。

しかし杜子春《とししゅん》はあいかわらず、門の壁《かべ》に身《み》をもたせて、ぼんやり空ばかりながめていました。空には、もう細い月が、うらうらとなびいた霞《かすみ》の中に、まるで爪《つめ》のあとかと思うほど、かすかに白く浮《う》かんでいるのです。

「日は暮《く》れるし、腹《はら》はへるし、そのうえもうどこへ行っても、泊《と》めてくれるところはなさそうだし——こんな思いをして生きているくらいなら、いっそ川へでも身を投げて、死《し》んでしまったほうがましかもしれない。」

杜子春はひとりさっきから、こんなとりとめもないことを思いめぐらしていたのです。

するとどこからやってきたか、突然彼《とつぜんかれ》の前へ足をとめた*片目眇《かためすがめ》の老人があります。それが夕日の光をあびて、大きな影《かげ》を門へ落《お》とすと、じっと杜子春の顔を見ながら、

「おまえはなにを考えているのだ」と、横柄《おうへい》に言葉《ことば》をかけました。

「私ですか。私は今夜寝《ね》るところもないので、どうしたものかと考えているのです。」

＊斜視《しゃし》のこと

老人《ろうじん》のたずね方が急《きゅう》でしたから、杜子春《とししゅん》はさすがに目をふせて、思わず正直《しょうじき》な答えをしました。

「そうか。それはかわいそうだな。」

老人はしばらくなにごとか考えているようでしたが、やがて、往来《おうらい》にさしている夕日の光を指《さ》しながら、

「ではおれがいいことを一つ教えてやろう。今この夕日の中に立って、おまえの影《かげ》が地にうつったら、その頭《あたま》にあたるところを夜中《よなか》に掘《ほ》ってみるがいい。きっと車にいっぱいの黄金《おうごん》がうまっているはずだから。」

「ほんとうですか。」

杜子春はおどろいて、伏《ふ》せていた目をあげました。ところがさらに不思議《ふしぎ》なことには、あの老人はどこへ行ったか、もうあたりにはそれらしい、影《かげ》も形も見あたりません。そのかわり空の月の色は前よりもなお白くなって、休みない往来《おうらい》の人通りの上には、もう気の早い蝙蝠《こうもり》が二-三匹《びき》ひらひら舞《ま》っていました。

二

杜子春《とししゅん》は一日のうちに、洛陽《らくよう》の都《みやこ》でもただ一人という大金持《おおがねも》ちになりました。あの老人《ろうじん》の言葉《ことば》どおり、夕日に影《かげ》をうつしてみて、その頭《あたま》にあたるところを、夜中にそっと掘《ほ》ってみたら、大きな車にもあまるくらい、黄金《おうごん》が一山《ひとやま》でてきたのです。

大金持ちになった杜子春は、すぐにりっぱな家《うち》を買って、*1玄宗皇帝《げんそうこうてい》にもまけないくらい、ぜいたくな暮《く》らしをはじめました。*2蘭陵《らんりょう》の酒《さけ》を買わせるやら、桂州《けいしゅう》の*3竜眼肉《りゅうがんにく》をとりよせるやら、日に四度《よたび》色のかわる牡丹《ぼたん》を庭《にわ》に植《う》えさせるやら、白孔雀《しろくじゃく》を何羽もはなし飼《が》いにするやら、玉を集《あつ》めるやら、錦《にしき》を縫《ぬ》わせるやら、香木《こうぼく》の車をつくらせるやら、象牙《ぞうげ》のいすをあつらえるやら、そのぜいたくをいちいち書いていては、いつになってもこの話がおしまいにならないくらいです。

するとこういう噂《うわさ》を聞いて、今までは道で行きあっても、あいさつさえしなかった

*1 唐《とう》の第六代の皇帝。在位《ざいい》四十五年。はじめは唐朝政治《とうちょうせいじ》の粛正《しゅくせい》、律令体制《りつりょうたいせい》の立てなおしなどにつとめ、世《よ》に開元《かいげん》の治《ち》といわれた。のち、楊貴妃《ようきひ》を寵愛《ちょうあい》するにおよんで宴楽遊蕩《えんらくゆうとう》にふけり、七七五年安禄山《あんろくざん》の反乱《はんらん》がおこる（六八五—七六二年）

*2 中国の華東区江蘇省《かとうくこうそしょう》武進県で産する美酒《びしゅ》

*3 むくろじ科の常緑喬木《じょうりょくきょうぼく》、竜眼の種子《しゅし》。中国南部の原産《げんさん》。食用、薬用《やくよう》として用いられる

友だちなどが、朝夕遊《あさゆうあそ》びにやってきました。それも一日ごとに数《かず》が増《ま》して、半年《はんとし》ばかりたつうちには、洛陽《らくよう》の都《みやこ》に名を知られた才子《さいし》や美人《びじん》が多い中で、杜子春《とししゅん》の家へこないものは、一人もないくらいになってしまったのです。杜子春はこのお客《きゃく》たちを相手《あいて》に、毎日酒盛《さかも》りをひらきました。その酒盛りのまたさかんなことは、なかなか口にはつくされません。ごくかいつまんだだけをお話ししても、杜子春が金の杯《さかずき》に西洋《せいよう》からきたぶどう酒《しゅ》をくんで、*1天竺《てんじく》生まれの魔法使《まほうつか》いが刀《かたな》をのんで見せる芸《げい》に見とれていると、そのまわりには二十人の女たちが、十人は*2翡翠《ひすい》の蓮《はす》の花を、十人は*3瑪瑙《めのう》の牡丹《ぼたん》の花を、いずれも髪《かみ》にかざりながら、笛《ふえ》や琴《こと》を節《ふし》おもしろく奏《そう》しているという景色《けしき》なのです。

しかしいくら大金持《おおがねも》ちでも、お金には際限《さいげん》がありますから、さすがにぜいたくな家《や》の杜子春も、一年二年とたつうちには、だんだん貧乏《びんぼう》になりだしました。そうすると人間は薄情《はくじょう》なもので、きのうまでは毎日きた友だちも、きょうは門の前を通ってさえ、挨拶《あいさつ》一つしていきません。ましてとうとう三年めの春、また杜子春が以前《いぜん》のとおり、

*1 日本、中国で、インドを呼ぶ古称《こしょう》 *2 ビルマ、メキシコなどに産し、装身具《そうしんぐ》などに使われる翠緑色《すいりょくしょく》の、光沢《こうたく》のある宝石《ほうせき》、翡翠《ひすい》でつくった蓮の花 *3 石英《せきえい》、蛋白石《たんぱくせき》などの混合物《こんごうぶつ》で、美《うつく》しい赤褐色《せきかっしょく》、白色などの縞文様《しまもんよう》などがある宝石、瑪瑙《めのう》でつくった牡丹《ぼたん》

一文無《いちもんな》しになってみると、ひろい洛陽《らくよう》の都《みやこ》の中にも、彼《かれ》に宿《やど》を貸《か》そうという家《うち》は、一軒《けん》もなくなってしまいました。いや、宿を貸すどころか、今では椀《わん》に一杯《ぱい》の水も、めぐんでくれるものはないのです。

そこで彼《かれ》はある日の夕方、もう一度《ど》あの洛陽《らくよう》の西の門の下へ行って、ぼんやり空をながめながら、途方《とほう》に暮《く》れて立っていました。するとやはり昔《むかし》のように、片目眇《かためすがめ》の老《ろう》人《じん》が、どこからか姿《すがた》をあらわして、

「おまえはなにを考えているのだ」と、声をかけるではありませんか。

杜子春《とししゅん》は老人の顔《かお》を見ると、はずかしそうに下をむいたまま、しばらくは返事《へんじ》もしませんでした。が、老人はその日も親切《しんせつ》そうに、おなじ言葉《ことば》をくりかえしますから、こちらも前とおなじように、

「私は今夜寝《ね》るところもないので、どうしたものかと考えているのです」と、おそるおそる返事《へんじ》をしました。

「そうか。それはかわいそうだな。ではおれがいいことを一つ教えてやろう。今この夕日の中へ立って、おまえの影《かげ》が地にうつったら、その胸《むね》にあたるところを、夜中《よなか》に

掘《ほ》ってみるがいい。きっと車にいっぱいの黄金《おうごん》がうずまっているはずだから。」

老人《ろうじん》はこう言ったと思うと、こんどもまた人ごみの中へ、かき消《け》すようにかくれてしまいました。

杜子春《とししゅん》はその翌日《よくじつ》から、たちまち天下第一《てんかだいいち》の大金持《おおがねも》ちにかえりました。と同時にあいかわらず、仕放題《しほうだい》なぜいたくをしはじめました。庭《にわ》に咲《さ》いている牡丹《ぼたん》の花、その中にねむっている白孔雀《しろくじゃく》、それから刀《かたな》をのんで見せる、天竺《てんじく》からきた魔法使《まほうつか》い——すべてが昔《むかし》のとおりなのです。

ですから車にいっぱいあった、あのおびただしい黄金も、また三年ばかりたつうちには、すっかりなくなってしまいました。

三

「おまえはなにを考えているのだ。」

片目眇《かため すがめ》の老人は、三《み》たび杜子春《とし
しゅん》の前へきて、おなじことを問《と》いかけました。もちろん彼《かれ》はそのときも、洛陽《らくよう》の西の門の下に、ほそぼそと霞《かすみ》をやぶっている三日月《みかづき》の光を

ながめながら、ぼんやりたたずんでいたのです。

「私ですか。私は今夜寝《ね》るところもないので、どうしようかと思っているのです。」

「そうか。それは可哀《かわい》そうだな。ではおれがいいことを教えてやろう。今この夕日の中へ立って、おまえの影《かげ》が地にうつったら、その腹《はら》にあたるところを、夜中《よなか》に掘《ほ》ってみるがいい。きっと車にいっぱいの――」

老人《ろうじん》がここまで言いかけると、杜子春《とししゅん》は急《きゅう》に手をあげて、その言葉《ことば》をさえぎりました。

「いや、お金はもういらないのです。」

「金はもういらない？　ははあ、ではぜいたくをするにはとうとうあきてしまったとみえるな。」

老人はいぶかしそうな目つきをしながら、じっと杜子春の顔《かお》を見つめました。

「なに、ぜいたくにあきたのじゃありません。人間というものに愛想《あいそ》がつきたのです。」

杜子春は不平《ふへい》そうな顔をしながら、つっけんどんにこう言いました。

「それはおもしろいな。どうしてまた人間に愛想《あいそ》がつきたのだ？」

「人間はみな薄情《はくじょう》です。私が大金持《おおがねも》ちになったときには、世辞《せじ》も追従《ついしょう》*1もしますけれど、いったん貧乏《びんぼう》になってごらんなさい。やさしい顔《かお》さえもして見せはしません。そんなことを考えると、たといもう一度《いちど》大金持《おおがねも》ちになったところが、なんにもならないような気がするのです。」

老人《ろうじん》は杜子春《とししゅん》の言葉《ことば》を聞くと、急《きゅう》ににやにや笑《わら》いだしました。

「そうか。いや、おまえは若《わか》い者《もの》ににあわず、感心《かんしん》にもののわかる男だ。ではこれからは貧乏《びんぼう》をしても、安《やす》らかに暮《く》らしていくつもりか。」

杜子春はちょいとためらいました。が、すぐに思いきった目をあげると、うったえるように老人の顔を見ながら、

「それも今の私にはできません。ですから私はあなたの弟子《でし》になって、仙術《せんじゅつ》*2の修業《しゅぎょう》をしたいと思うのです。いいえ、かくしてはいけません。あなたは道徳《どうとく》の高い仙人《せんにん》でしょう。仙人でなければ、一夜《いちや》のうちに私を天下第一《てんかだいいち》の大金持ちにすることはできないはずです。どうか私の先生になって、不思議《ふしぎ》な仙術を教えてください。」

＊1 おべっかを使うこと　＊2 仙人《せんにん》が持つとされる不老不死《ふろうふし》などの術《じゅつ》

老人《ろうじん》は眉《まゆ》をひそめたまま、しばらくはだまって、なにごとか考えているようでしたが、やがてまたにっこり笑《わら》いながら、

「いかにもおれは*峨眉山《がびさん》にすんでいる、鉄冠子《てっかんし》という仙人《せんにん》だ。はじめおまえの顔を見たとき、どこかものわかりがよさそうだったから、二度《ど》まで大金持《おおがねも》ちにしてやったのだが、それほど仙人《せんにん》になりたければ、おれの弟子《でし》にとりたててやろう」と、こころよく願《ねが》いをいれてくれました。

杜子春《とししゅん》はよろこんだの、よろこばないのではありません。老人の言葉《ことば》がまだ終《お》わらないうちに、彼《かれ》は大地に額《ひたい》をつけて、なんども鉄冠子におじぎをしました。

「いや、そうお礼《れい》などは言ってもらうまい。いくらおれの弟子にしたところで、りっぱな仙人になれるかなれないかは、おまえしだいできまることだからな。――が、ともかくもまずおれといっしょに、峨眉山の奥《おく》へきてみるがいい。おお、さいわい、ここに竹杖《たけづえ》が一本落《お》ちている。ではさっそくこれへ乗《の》って、一飛《ひとと》びに空をわたるとしよう。」

鉄冠子はそこにあった青竹《あおだけ》を一本ひろいあげると、口のうちに咒文《じゅもん》をとなえながら、

＊中国四川省《しせんしょう》の峨眉県の西南《せいなん》にある山

杜子春《とししゅん》といっしょにその竹へ、馬にでも乗《の》るようにまたがりました。すると不思議《ふしぎ》ではありませんか。竹杖《たけづえ》はたちまち竜《りゅう》のように、いきおいよく大空へ舞《ま》いあがって、晴れわたった春の夕空を峨眉山《がびさん》の方角へ飛《と》んでいきました。

杜子春は胆《きも》をつぶしながら、おそるおそる下を見おろしました。が、下にはただ青い山々が夕明かりの底《そこ》に見えるばかりで、あの洛陽《らくよう》の都《みやこ》の西の門は、（とうに霞《かすみ》にまぎれたのでしょう）どこをさがしても見あたりません。そのうちに鉄冠子《てっかんし》は、白い鬢《びん》の毛を風に吹《ふ》かせて、高らかに歌をうたいだしました。

朝《あした》に北海《ほっかい》に遊《あそ》び、暮《く》れには*1蒼梧《そうご》。
*2袖裏《しゅうり》の青蛇《せいだ》、*3胆気粗《たんきそ》なり。
三《み》たび*4岳陽《がくよう》に入れども、人識《し》らず。
*5朗吟《ろうぎん》して、飛過《ひか》す*6洞庭湖《どうていこ》。

*1 中国湖南省《こなんしょう》をさすが、ここでは南の方のこと　*2 たもとの中のこと　*3 きもっ玉が荒《あら》っぽい　*4 岳《がく》陽楼《ようろう》のこと。中国湖南省《こなんしょう》岳陽県城の西門上にある城楼《じょうろう》　*5 詩歌《しいか》を声高くうたいあげること　*6 中国湖南省にある湖《みずうみ》の名前

四

二人を乗《の》せた青竹《あおだけ》は、まもなく峨眉山《がびさん》へ舞《ま》いさがりました。

そこは深《ふか》い谷にのぞんだ、幅《はば》のひろい一枚岩《いちまいいわ》の上でしたが、よくよく高いところだとみえて、中空《なかぞら》にたれた北斗《ほくと》の星が、茶碗《ちゃわん》ほどの大きさに光っていました。もとより人跡《じんせき》のたえた山ですから、あたりはしんと静《しず》まりかえって、やっと耳にはいるものは、うしろの絶壁《ぜっぺき》にはえている、まがりくねった一株《ひとかぶ》の松《まつ》が、こうこうと夜風《よかぜ》に鳴る音だけです。

二人がこの岩の上にくると、鉄冠子《てっかんし》は杜子春《とししゅん》を絶壁の下にすわらせて、

「おれはこれから天上《てんじょう》へ行って、*西王母《せいおうぼ》におめにかかってくるから、おまえはその間ここにすわって、おれの帰るのを待《ま》っているがいい。たぶんおれがいなくなると、いろいろな魔性《ましょう》があらわれて、おまえをたぶらかそうとするだろうが、たといどんなことが起《お》ころうとも、決《けっ》して声をだすのではないぞ。もし一言《ひとこと》でも口をきいたら、おまえはとうてい仙人《せんにん》にはなれないものだと覚悟《かくご》をしろ。いいか。天地がさけても、だ

＊昔、中国で信仰《しんこう》された女仙人《せんにん》

まっているのだぞ。」と言いました。

「だいじょうぶです。決《けっ》して声なぞはだしません。命《いのち》がなくなっても、だまっています。」

「そうか。それを聞いて、おれも安心《あんしん》した。ではおれは行ってくるから。」

老人《ろうじん》は杜子春《としシゅん》に別《わか》れをつげると、またあの竹杖《たけづえ》にまたがって、夜目《よめ》にもけずったような山々の空へ、一文字《いちもんじ》に消《き》えてしまいました。

杜子春はたった一人、岩の上にすわったまま、静《しず》かに星をながめていました。するとかれこれ半時《はんとき》ばかりたって、深山《しんざん》の夜気《やき》がはだ寒《さむ》くうすい着物《きもの》にとおりだしたころ、突然《とつぜん》空中に声があって、

「そこにいるのは何者《なにもの》だ」と、しかりつけるではありませんか。

しかし杜子春は仙人《せんにん》の教えどおり、なんとも返事《へんじ》をしずにいました。

ところがまたしばらくすると、やはりおなじ声がひびいて、

「返事をしないとたちどころに、命はないものと覚悟《かくご》しろ」と、いかめしくおどしつけるのです。

杜子春《とししゅん》はもちろんだまっていました。

と、どこから登《のぼ》ってきたか、らんらんと目を光らせた虎《とら》が一匹《ぴき》、忽然《こつぜん》と岩の上におどりあがって、杜子春の姿《すがた》をにらみながら、一声《ひとこえ》高く哮《たけ》りました。のみならずそれと同時に、頭の上の松《まつ》の枝《えだ》が、はげしくざわざわゆれたと思うと、うしろの絶壁《ぜっぺき》のいただきからは、四斗樽《しとだる》ほどの白蛇《はくだ》が一匹《ぴき》、炎《ほのお》のような舌《した》を吐《は》いて、みるみる近くへおりてくるのです。

杜子春はしかし平然《へいぜん》と、眉毛《まゆげ》も動《うご》かさずにすわっていました。

虎と蛇《へび》とは、一つ餌食《えじき》をねらって、たがいにすきでもうかがうのか、しばらくはにらみあいの体《てい》でしたが、やがてどちらが先ともなく、一時に杜子春に飛《と》びかかりました。が、虎の牙《きば》にかまれるか、蛇の舌《した》にのまれるか、杜子春の命《いのち》はまたたくうちに、なくなってしまうと思ったとき、虎と蛇とは霧《きり》のごとく、夜風とともに消《き》えうせて、あとにはただ、絶壁の松が、さっきのとおりこうこうと枝《えだ》を鳴らしているばかりなのです。杜子春はほっと一息《ひといき》しながら、こんどはどんなことがおこるかと、心待《こころま》ちに待っていました。

すると一陣《いちじん》の風が吹《ふ》きおこって、墨《すみ》のような黒雲《くろくも》がいちめんにあたりをとざすやいなや、うす紫《むらさき》の稲妻《いなずま》がやにわに闇《やみ》を二つにさいて、すさまじく雷《らい》が鳴りだしました。いや、雷ばかりではありません。それといっしょに滝《たき》のような雨も、いきなりどうどうと降《ふ》りだしたのです。杜子春《とししゅん》はこの天変《てんぺん》の中に、おそれげもなくすわっていました。風の音、雨のしぶき、それからたえまない稲妻の光、――しばらくはさすがの峨眉山《がびさん》も、くつがえるかと思うくらいでしたが、そのうちに耳をもつんざくほど、大きな雷鳴《らいめい》がとどろいたと思うと、空にうず巻《ま》いた黒雲の中から、まっ赤《か》な一本の火柱《ひばしら》が、杜子春の頭《あたま》へ落《お》ちかかりました。

杜子春は思わず耳をおさえて、一枚岩《いちまいいわ》の上へひれふしました。が、すぐに目をひらいて見ると、空は以前《いぜん》のとおり晴れわたって、むこうにそびえた山々の上にも、茶碗《ちゃわん》ほどの北斗《ほくと》の星が、やはりきらきらかがやいています。してみれば今の大あらしも、あの虎《とら》や白蛇《はくだ》とおなじように、鉄冠子《てっかんし》の留守《るす》をつけこんだ、魔性《ましょう》のいたずらにちがいありません。杜子春はようやく安心《あんしん》して、額《ひたい》のひや汗《あせ》をぬぐいながら、また岩の上にすわりなおしました。

が、そのため息《いき》がまだ消《き》えないうちに、こんどは彼《かれ》のすわっている前へ、金の鎧《よろい》を着《き》くだした、身《み》の丈《たけ》*1三丈《じょう》もあろうという、おごそかな神将《しんしょう》があらわれました。神将は手に三叉《みつまた》の戟《ほこ》を持《も》っていましたが、いきなりその戟の切《き》っ先《さき》を杜子春《とししゅん》の胸《むね》もとへむけながら、目をいからせてしかりつけるのを聞けば、

「こら、その方《ほう》はいったい何物《なにもの》だ。この峨眉山《がびさん》という山は、*2天地開闢《てんちかいびゃく》の昔《むかし》から、おれが住《す》まいをしているところだぞ。それもはばからずたった一人、ここへ足をふみいれるとは、よもやただの人間ではあるまい。さあ命《いのち》がおしかったら、一刻《いっこく》も早く返答《へんとう》しろ」と言うのです。

しかし杜子春は老人《ろうじん》の言葉《ことば》どおり、黙然《もくねん》と口をつぐんでいました。

「返事《へんじ》をしないか。――しないな。よし。しなければ、しないで勝手《かって》にしろ。そのかわりおれの眷属《けんぞく》たちが、その方をずたずたに斬《き》ってしまうぞ。」

神将は戟を高くあげて、むこうの山の空をまねきました。そのとたんに闇《やみ》がさっとさけると、おどろいたことには、無数の神兵《しんぺい》が、雲のごとく空にみちみちて、それがみな槍《やり》や刀《かたな》をきらめかせながら、今にもここへ一《ひと》なだれにせめよせようとしているの

*1 一丈《じょう》は約三メートル　*2 天地のはじめ。世界のはじめ

です。

この景色《けしき》を見た杜子春《としはる》は、思わずあっとさけびそうにしましたが、すぐにまた鉄冠子《てっかんし》の言葉《ことば》を思いだして、一生懸命《いっしょうけんめい》にだまっていました。神将《しんしょう》は彼《かれ》がおそれないのを見ると、おこったのおこらないのではありません。

「この強情者《ごうじょうもの》め。どうしても返事をしなければ、約束《やくそく》どおり命《いのち》はとってやるぞ。」

神将はこうわめくが早いか、三叉《みつまた》の戟《ほこ》をひらめかせて、一突《ひとつ》きに杜子春をつき殺《ころ》しました。そうして峨眉山《がびさん》もどよむほど、からからと高く笑《わら》いながら、どこともなく消《き》えてしまいました。もちろんこのときはもう無数《むすう》の神兵《しんぺい》も、吹《ふ》きわたる夜風《よかぜ》の音といっしょに、夢《ゆめ》のように消えうせたあとだったのです。

北斗《ほくと》の星はまた寒《さむ》そうに、一枚岩《いちまいいわ》の上を照《て》らしはじめました。絶壁《ぜっぺき》の松《まつ》も前にかわらず、こうこうと枝《えだ》を鳴らせています。が、杜子春はとうに息《いき》がたえて、あおむけにそこへたおれていました。

五

杜子春《とししゅん》のからだは岩の上へ、あおむけにたおれていましたが、杜子春の魂《たましい》は、静《しず》かにからだからぬけだして、地獄《じごく》の底《そこ》へおりていきました。

この世《よ》と地獄とのあいだには、*1闇穴道《あんけつどう》という道があって、そこは年中暗《くら》い空に、氷のようなつめたい風がぴゅうぴゅう吹《ふ》きすさんでいるのです。杜子春はその風に吹かれながら、しばらくはただ木《こ》の葉《は》のように、空をただよっていきましたが、やがて森《しん》羅殿《らでん》という額《がく》のかかったりっぱな御殿《ごてん》の前へでました。

御殿の前にいた大勢《おおぜい》の鬼《おに》は、杜子春の姿《すがた》を見るやいなや、すぐにそのまわりを取《と》りまいて、*2階《きざはし》の前へ引きすえました。階の上には一人の王様《おうさま》が、まっ黒なきものに金のかんむりをかぶって、いかめしくあたりをにらんでいます。これはかねて噂《うわさ》に聞いた、*3閻魔大王《えんまだいおう》にちがいありません。杜子春はどうなることかと思いながら、おそるおそるそこへひざまずいていました。

「こら、その方《ほう》はなんのために、峨眉山《がびさん》の上へすわっていた？」

閻魔大王の声は雷《かみなり》のように、階の上からひびきました。杜子春は早速《さっそく》その問《と》いに答えようとしましたが、ふとまた思いだしたのは、「決《けっ》して口をきくな」という鉄冠子《てっかんし》

*1 果羅国へ行く三つの道の一つで、闇黒《あんこく》な道の名　*2 階段のこと　*3 地獄《じごく》にいるという大王で、人間の生前の行為《こうい》によって罪《つみ》の軽重《けいじゅう》を審判《しんぱん》する

のいましめの言葉《ことば》です。そこでただ頭をたれたまま、啞《おし》のようにだまっていました。

すると閻魔大王《えんまだいおう》は、持《も》っていた鉄《てつ》の笏《しゃく》[*1]をあげて、顔中《かおじゅう》のひげをさかだてながら、

「その方《ほう》はここをどこだと思う？　すみやかに返答《へんとう》をすればよし、さもなければ時をうつさず、地獄《じごく》の呵責《かしゃく》にあわせてくれるぞ」と、威丈高《いたけだか》にののしりました。

が、杜子春《としゅん》はあいかわらずくちびる一つ動《うご》かしません。それを見た閻魔大王は、すぐに鬼《おに》どものほうをむいて、あらあらしくなにか言いつけると、鬼どもは一度《ど》にかしこまって、たちまち杜子春を引きたてながら、森羅殿《しんらでん》の空へまいあがりました。

地獄にはだれでも知っているとおり、剣《つるぎ》[*2]の山や血《ち》の池のほかにも、焦熱地獄《しょうねつじごく》[*3]という炎《ほのお》の谷や極寒地獄《ごくかんじごく》という氷の海が、まっ暗《くら》な空の下にならんでいます。鬼《おに》どもはそういう地獄の中へ、かわるがわる杜子春をほうりこみました。ですから杜子春は無残《むざん》にも、剣に胸《むね》をつらぬかれるやら、炎《ほのお》に顔を焼《や》かれるやら、舌《した》をぬかれるやら、皮《かわ》をはがれるやら、鉄の杵《てつのきね》につかれるやら、油《あぶら》の鍋《なべ》に煮《に》られるやら、毒蛇《どくじゃ》に脳味噌《のうみそ》をすわれ

＊1　天子《てんし》をはじめ大夫《たゆう》などが衣冠束帯《いかんそくたい》するときに右手に持つもの　＊2　地獄《じごく》にあるという、剣《つるぎ》を植えてある山

＊3　八大地獄《はちだいじごく》の一つ。殺し・盗《ぬす》みなどの罪《つみ》をおかした者が、猛火《もうか》の中に投げいれられ、苦しめられるところ

るやら、熊鷹《くまたか》に目を食われるやら、――その苦《くる》しみをかぞえたてていては、とうてい際限《さいげん》がないくらい、あらゆる責苦《せめく》にあわされたのです。それでも杜子春《とししゅん》はがまん強く、じっと歯《は》を食いしばったまま、一言《ひとこと》も口をききませんでした。

これにはさすがの鬼《おに》どもも、あきれかえってしまったのでしょう。もう一度《ど》夜のような空を飛《と》んで、森羅殿《しんらでん》の前へ帰ってくると、さっきのとおり杜子春を階《きざはし》の下に引きすえながら、御殿《ごてん》の上の閻魔大王《えんまだいおう》に、

「この罪人《ざいにん》はどうしても、ものを言う気色《けしき》がございません」と、口をそろえて言上《ごんじょう》しました。

閻魔大王は眉《まゆ》をひそめて、しばらく思案《しあん》に暮《く》れていましたが、やがてなにか思いついたとみえて、

「この男の父母《ちちはは》は、*畜生道《ちくしょうどう》に落《お》ちているはずだから、早速《さっそく》ここへ引きたててこい」と、一匹《ぴき》の鬼に言いつけました。

鬼はたちまち風に乗《の》って、地獄《じごく》の空へ舞《ま》いあがりました。と思うと、また星が流《なが》れるように、二匹《ひき》の獣《けもの》をかりたてながら、さっと森羅殿の前へおりてきました。その獣

＊ 六道《どう》の一つ。死者が生前の悪行《あくぎょう》のむくいで、けものに生まれかわる世界

を見た杜子春《とししゅん》は、おどろいたのおどろかないのではありません。なぜかといえばそれは二匹《ひき》とも、形は見すぼらしいやせ馬でしたが、顔は夢《ゆめ》にも忘《わす》れない、死んだ父母《ちちはは》のとおりでしたから。

「こら、その方《ほう》はなんのために、峨眉山《がびさん》の上にすわっていたか、まっすぐに白状《はくじょう》しなければ、こんどはその方の父母に痛《いた》い思いをさせてやるぞ。」

杜子春はこうおどされても、やはり返答《へんとう》をしずにいました。

「この不孝者《ふこうもの》めが。その方は父母が苦《くる》しんでも、その方さえ都合《つごう》がよければ、いいと思っているのだな。」

閻魔大王《えんまだいおう》は森羅殿《しんらでん》もくずれるほど、すさまじい声でわめきました。

「打《う》て。鬼《おに》ども。その二匹《ひき》の畜生《ちくしょう》を、肉《にく》も骨《ほね》も打ちくだいてしまえ。」

鬼どもはいっせいに「はっ」と答えながら、鉄《てつ》の鞭《むち》をとって立ちあがると、四方八方から二匹の馬を、*未練未釈《みれんみしゃく》なく打ちのめしました。鞭はりゅうりゅうと風を切って、ところきらわず雨のように、馬の皮肉《ひにく》を打ちやぶるのです。馬は、――畜生になった父母は、苦《くる》しそうに身《み》をもだえて、目には血《ち》の涙《なみだ》を浮《う》かべたまま、見てもいられない

＊少しのためらいもなく

ほどいななきたてました。

「どうだ。まだその方《ほう》は白状《はくじょう》しないか。」

閻魔大王《えんまだいおう》は鬼《おに》どもに、しばらく鞭《むち》の手をやめさせて、もう一度杜子春《いちどとししゅん》の答えをうながしました。もうそのときには二匹《ひき》の馬も、肉《にく》はさけ骨《ほね》はくだけて、息《いき》もたえだえに階《きざはし》の前へ、たおれふしていたのです。

杜子春は必死《ひっし》になって、鉄冠子《てっかんし》の言葉《ことば》を思いだしながら、かたく目をつぶっていました。するとそのとき彼《かれ》の耳には、ほとんど声とはいえないくらい、かすかな声がつたわってきました。

「心配《しんぱい》をおしでない。私たちはどうなっても、おまえさえしあわせになれるのなら、それより結構《けっこう》なことはないのだからね。大王がなんとおっしゃっても、言いたくないことはだまっておいで。」

それはたしかになつかしい、母親の声にちがいありません。杜子春は思わず、目をあきました。そうして馬の一匹《ぴき》が、力なく地上にたおれたまま、悲《かな》しそうに彼の顔《かお》へ、じっと目をやっているのを見ました。母親はこんな苦《くる》しみの中にも、息子《むすこ》の心を思いやって、鬼《おに》どもの鞭《むち》に打《う》たれたことを、うらむ気色《けしき》さえも見せないのです。大金持《おおがねも》ちになればお世辞《せじ》を言い、貧乏人《びんぼうにん》になれば口もきかない世間《せけん》の人たちにくらべると、なんというありがたいこころざしでしょう。なんという健気《けなげ》な決心《けっしん》でしょう。杜子春《とししゅん》は老人《ろうじん》のいましめも忘《わす》れて、転《まろ》ぶようにそのそばへ走りよると、両手《りょうて》に半死《はんし》の馬の首《くび》をだいて、はらはらと涙《なみだ》をおとしながら、「おかあさん」と一声さけびました。……

六

その声に気がついてみると、杜子春はやはり夕日をあびて、洛陽《らくよう》の西の門の下に、ぼんやりたたずんでいるのでした。かすんだ空、白い三日月《みかづき》、たえまない人や車の波《なみ》、——すべてがまだ峨眉山《がびさん》へ、行かない前とおなじことです。

「どうだな。おれの弟子《でし》になったところが、とても仙人《せんにん》にはなれはすまい。」

片目眇《かためすがめ》の老人《ろうじん》は微笑《びしょう》をふくみながら言いました。

「なれません。なれませんが、しかし私はなれなかったことも、かえってうれしい気がするのです。」

杜子春《とししゅん》はまだ目に涙《なみだ》を浮《う》かべたまま、思わず老人《ろうじん》の手をにぎりました。

「いくら仙人《せんにん》になれたところが、私はあの地獄《じごく》の森羅殿《しんらでん》の前に、鞭《むち》をうけている父母《ちちはは》を見ては、だまっているわけにはいきません。」

「もしおまえがだまっていたら――」と鉄冠子《てっかんし》は急《きゅう》におごそかな顔《かお》になって、じっと杜子春を見つめました。

「もしおまえがだまっていたら、おれは即座《そくざ》におまえの命《いのち》を絶《た》ってしまおうと思っていたのだ。――おまえはもう仙人《せんにん》になりたいという望《のぞ》みも持《も》っていまい。大金持《おおがねも》ちになることは、もとより愛想《あいそ》がつきたはずだ。ではおまえはこれからのち、何になったらいいと思うな。」

「何になっても、人間らしい、正直《しょうじき》な暮《く》らしをするつもりです。」

杜子春の声には今までにないはればれした調子《ちょうし》がこもっていました。

「その言葉《ことば》を忘《わす》れるなよ。ではおれは今日《きょう》かぎり、二度《ど》とおまえにはあわないから。」

鉄冠子はこう言ううちに、もう歩きだしていましたが、急《きゅう》にまた足をとめて、杜子春のほうをふりかえると、

「おお、さいわい、今思いだしたが、おれは泰山《たいざん》*の南のふもとに一軒《けん》の家を持《も》っている。その家を畑《はたけ》ごとおまえにやるから、早速《さっそく》行って住《す》まうがいい。今ごろはちょうど家のまわりに、桃《もも》の花がいちめんに咲《さ》いているだろう」と、さも愉快《ゆかい》そうにつけくわえました。

＊中国の山東省泰安《さんとうしょうたいあん》の北方《ほっぽう》にある名山

トロッコ

小田原熱海《おだわらあたみ》間に*1軽便鉄道《けいべんてつどう》敷設《ふせつ》の工事《こうじ》がはじまったのは、良平《りょうへい》の八つの年だった。良平は毎日村はずれへ、その工事を見物《けんぶつ》に行った。工事を——といったところが、ただ*2トロッコで土を運搬《うんぱん》する——それがおもしろさに見にいったのである。

トロッコの上には土工《どこう》が二人、土を積《つ》んだうしろにたたずんでいる。トロッコは山をくだるのだから、人手を借《か》りずに走ってくる。あおるように車台が動《うご》いたり、土工の袢纏《はんてん》のすそがひらついたり、細い線路《せんろ》がしなったり——良平はそんな景色《けしき》をながめながら、土工になりたいと思うことがある。せめては一度《ど》でも土工といっしょに、トロッコへ乗《の》りたいと思うこともある。トロッコは村はずれの平地《へいち》へくると、自然《しぜん》とそこにとまってしまう。と同時に土工たちは、身軽《みがる》にトロッコを飛《と》びおりるが早いか、

*1 普通《ふつう》の鉄道《てつどう》よりもレールや車輛《しゃりょう》の間がせまくて、小型《こがた》の機関車《きかんしゃ》・車輛を使用する鉄道

*2 土木工事《どぼくこうじ》のときに使う手押車《ておしぐるま》。軽便鉄道《けいべんてつどう》の上を走らせる

その線路《せんろ》の終点《しゅうてん》へ車の土をぶちまける。それからこんどはトロッコを押《お》し押し、もときた山のほうへ登《のぼ》りはじめる。良平《りょうへい》はそのとき乗《の》れないまでも、押すことさえできたらと思うのである。

ある夕方、――それは二月の初旬《しょじゅん》だった。良平は二つ下の弟や、弟とおなじ年のとなりの子供《こども》と、トロッコの置《お》いてある村はずれへ行った。トロッコは泥《どろ》だらけになったまま、薄《うす》あかるい中にならんでいる。が、そのほかはどこを見ても、土工《どこう》たちの姿《すがた》は見えなかった。三人の子供はおそるおそる、いちばん端《はし》にあるトロッコを押した。トロッコは三人の力がそろうと、突然《とつぜん》ごろりと車輪《しゃりん》をまわした。良平はこの音にひやりとした。しかし二度《ど》めの車輪の音は、もう彼《かれ》をおどろかさなかった。ごろり、ごろり、――トロッコはそういう音とともに、三人の手に押されながら、そろそろ線路をのぼっていった。

そのうちにかれこれ十間《けん》ほどくると、線路の勾配《こうばい》が急《きゅう》になりだした。トロッコも三人の力では、いくら押しても動《うご》かなくなった。どうかすれば車といっしょに、押しもどされそうにもなることがある。良平はもういいと思ったから、年下の二人に合図《あいず》をした。

「さあ乗《の》ろう？」

彼等《かれら》は一度《ど》に手をはなすと、トロッコの上へ飛《と》び乗った。トロッコは最初《さいしょ》おもむろに、それからみるみるいきおいよく、一息《ひといき》に線路《せんろ》をくだりだした。そのとたんにつきあたりの風景《ふうけい》は、たちまち両側《りょうがわ》へわかれるように、ずんずん目の前へ展開《てんかい》してくる。――良平《りょうへい》は顔《かお》に吹《ふ》きつける日の暮《く》れの風を感《かん》じながらほとんど有頂天《うちょうてん》になってしまった。

しかしトロッコは二－三分ののち、もうもとの終点《しゅうてん》にとまっていた。

「さあ、もう一度押《お》すじゃあ。」

良平は年下の二人といっしょに、またトロッコを押しあげにかかった。が、まだ車《しゃ》輪《りん》も動《うご》かないうちに、突然彼《とつぜんかれ》らのうしろには、だれかの足音が聞こえだした。のみならずそれは聞こえだしたと思うと、急《きゅう》にこういう怒鳴《どな》り声《ごえ》にかわった。

「この野郎《やろう》！　だれにことわってトロッコにさわった？」

そこには古い印袢纏《しるしばんてん》に、季節《きせつ》はずれのむぎわら帽《ぼう》をかぶった、背《せ》の高い土工《どこう》がたたずんでいる。——そういう姿《すがた》が目にはいったとき、良平《りょうへい》は年下の二人といっしょに、もう五－六間《けん》*逃《に》げだしていた。——それぎり良平は使《つか》いの帰りに、人気《ひとけ》のない工事場《こうじば》のトロッコを見ても、二度《ど》と乗《の》ってみようと思ったことはない。ただそのときの土工《どこう》の姿は、今でも良平の頭《あたま》のどこかに、はっきりした記憶《きおく》をのこしている。薄《うす》あかりの中にほのめいた、小さい黄色《きいろ》のむぎわら帽《ぼう》——しかしその記憶さえも、年ごとに色彩《しきさい》はうすれるらしい。

そののち十日あまりたってから、良平はまたたった一人、昼すぎの工事場《こうじば》にたたずみながら、トロッコのくるのをながめていた。すると土を積《つ》んだトロッコのほかに、枕木《まくらぎ》を積んだトロッコが一輛《りょう》、これは本線になるはずの、ふとい線路《せんろ》をのぼってきた。このトロッコを押《お》しているのは、二人とも若《わか》い男だった。良平は彼《かれ》らを見たときから、なんだか親しみやすいような気がした。「この人たちならばしかられない」——彼はそう思いながら、トロッコのそばへかけていった。

「おじさん。押してやろうか？」

その中の一人、縞《しま》のシャツを着《き》ている男は、うつむきにトロッコを押したまま、思っ

＊一間《けん》は約一・八メートル

たとおりこころよい返事《へんじ》をした。

「おお、押《お》してくよう。」

良平《りょうへい》は二人のあいだにはいると、力いっぱい押しはじめた。

「われはなかなか力があるな。」

他《た》の一人、――耳に巻《ま》きたばこをはさんだ男も、こう良平をほめてくれた。

そのうちに線路《せんろ》の勾配《こうばい》は、だんだんらくになりはじめた。「もう押さなくともいい」――良平は今にも言われるかと内心気がかりでならなかった。が、若《わか》い二人の土工《どこう》は、前よりも腰《こし》をおこしたぎり、黙々《もくもく》と車を押しつづけていた。良平はとうとうこらえきれずに、おずおずこんなことをたずねてみた。

「いつまでも押していていい？」

「いいとも。」

二人は同時に返事をした。良平は「やさしい人たちだ」と思った。

五‐六町《ちょう》*あまり押しつづけたら、線路はもう一度《ど》急勾配《きゅうこうばい》になった。そこには両側《りょうがわ》のみかん畑《ばたけ》に、黄色《きいろ》い実《み》がいくつも日をうけている。

＊一町《ちょう》は約一〇九メートル

「登《のぼ》り道《みち》のほうがいい、いつまでも押《お》させてくれるから」――良平《りょうへい》はそんなことを考えながら、全身《ぜんしん》でトロッコを押すようにした。

みかん畑《ばたけ》のあいだを登りつめると、急《きゅう》に線路《せんろ》はくだりになった。縞《しま》のシャツを着《き》ている男は、良平に「やい、乗《の》れ」と言った。良平はすぐに飛《と》び乗った。トロッコは三人が乗りうつると同時に、みかん畑の匂《にお》いをあおりながら、ひたすべりに線路を走りだした。「押すよりも乗るほうがずっといい」――良平は羽織《はおり》に風をはらませながら、あたりまえのことを考えた。「行きに押すところが多ければ、帰りにまた乗るところが多い」――そうもまた考えたりした。

竹やぶのあるところへくると、トロッコは静《しず》かに走るのをやめた。三人はまた前のように、重《おも》いトロッコを押しはじめた。竹やぶはいつか雑木林《ぞうきばやし》になった。爪《つま》さきあがりの所々《ところどころ》には、赤錆《あかさび》の線路も見えないほど、落《お》ち葉《ば》のたまっている場所《ばしょ》もあった。その道をやっと登りきったら、こんどは高い崖《がけ》のむこうに、ひろびろと薄《うす》ら寒《さむ》い海が開けた。と同時に良平《りょうへい》の頭《あたま》には、あまり遠くきすぎたことが、急にはっきりと感《かん》じられた。

三人はまたトロッコへ乗《の》った。車は海を右にしながら、雑木《ぞうき》の枝《えだ》の下を走っていった。しかし良平《りょうへい》はさっきのように、おもしろい気もちにはなれなかった。「もう帰ってくれればいい」——彼《かれ》はそうも念《ねん》じてみた。が、行くところまで行きつかなければ、トロッコも彼らも帰れないことは、もちろん彼にもわかりきっていた。

そのつぎに車のとまったのは、切りくずした山を背《せ》おっている、藁屋根《わらやね》の茶店《ちゃみせ》の前だった。二人の土工《どこう》はその店へはいると、乳飲み子《ちのご》をおぶった上《かみ》さんを相手《あいて》に、ゆうゆうと茶などを飲《の》みはじめた。良平はひとりいらいらしながら、トロッコのまわりをまわってみた。トロッコにはがんじょうな車台の板《いた》に、はねかえった泥《どろ》がかわいていた。

しばらくののち茶店をでてきしなに、巻《ま》きたばこを耳にはさんだ男は、(そのときはもうはさんでいなかったが)トロッコのそばにいる良平に新聞紙《しんぶんがみ》につつんだ駄菓子《だがし》をくれた。良平は冷淡《れいたん》に「ありがとう」と言った。が、すぐに冷淡にしては、相手にすまないと思いなおした。彼はその冷淡さをとりつくろうように、包《つつ》み菓子《がし》の一つを口へいれた。菓子には新聞紙にあったらしい、石油《せきゆ》の匂《にお》いがしみついていた。

三人はトロッコを押《お》しながらゆるい傾斜《けいしゃ》を登《のぼ》っていった。良平《りょうへい》は車に手をかけていても、心はほかのことを考えていた。

その坂《さか》をむこうへおりきると、またおなじような茶店があった。土工《どこう》たちがその中へはいったあと、良平はトロッコに腰《こし》をかけながら、帰ることばかり気にしていた。茶店の前には花の咲《さ》いた梅《うめ》に、西日の光が消《き》えかかっている。「もう日が暮《く》れる」――彼《かれ》はそう考えると、ぼんやり腰かけてもいられなかった。トロッコの車輪《しゃりん》をけってみたり、一人では動《うご》かないのを承知《しょうち》しながらうんうんそれを押してみたり、――そんなことに気持《きも》ちをまぎらせていた。

ところが土工たちはでてくると、車の上の枕木《まくらぎ》に手をかけながら、無造作《むぞうさ》に彼にこう言った。

「われはもう帰んな。おれたちは今日《きょう》はむこう泊《ど》まりだから。」

「あんまり帰りが遅《おそ》くなるとわれの家《うち》でも心配《しんぱい》するずら。」

良平は一瞬間《いっしゅんかん》あっけにとられた。もうかれこれ暗《くら》くなること、去年《きょねん》の暮れ母と岩村《いわむら》まできたが、今日の道はその三‐四倍《ばい》あること、それを今からたった一人、歩いて帰らなければならないこと、――そう言うことが一時にわかったのである。良平《りょうへい》はほとんど泣《な》きそうになった。が、泣いてもしかたがないと思った。泣いている場合ではないとも思った。彼《かれ》は若《わか》い二人の土工《どこう》に、とってつけたようなおじぎをすると、どんどん線路《せんろ》づたいに走りだした。

良平はしばらく無我夢中《むがむちゅう》に線路のそばを走りつづけた。そのうちにふところの菓子《かし》包《づつ》みが、じゃまになることに気がついたから、それを道ばたへほうりだすついでに、板草履《いたぞうり》もそこへぬぎすててしまった。すると薄《うす》いたびの裏《うら》へじかに小石が食いこんだが、足だけははるかに軽《かる》くなった。彼は左に海を感《かん》じながら、急《きゅう》な坂道《さかみち》をかけ登《のぼ》った。時々涙《なみだ》がこみあげてくると、自然《しぜん》に顔《かお》がゆがんでくる。――それは無理《むり》にがまんしても、鼻《はな》だけはたえずくうくう鳴った。

竹やぶのそばをかけぬけると、夕焼《ゆうや》けのした日金山《ひがねやま》の空も、もう火照《ほて》りが消《き》えかかっていた。良平はいよいよ気が気でなかった。行きと帰りとかわるせいか、景色《けしき》のちがうのも不安《ふあん》だった。するとこんどは着物《きもの》までも、汗《あせ》のぬれとおったのが気になったから、やはり必死《ひっし》にかけつづけたなり、羽織《はおり》を道ばたへぬいですてた。

みかん畑《ばたけ》へくるころには、あたりは暗《くら》くなる一方だった。「命《いのち》さえ助《たす》かれば――」良平《りょうへい》はそう思いながら、すべってもつまずいても走っていった。

やっと遠い夕闇《ゆうやみ》の中に、村はずれの工事場《こうじば》が見えたとき、良平は一思《ひとおも》いに泣《な》きたくなった。しかしそのときもべそはかいたが、とうとう泣かずにかけつづけた。

彼《かれ》の村へはいってみると、もう両側《りょうがわ》の家々には、電燈《でんとう》の光がさし合っていた。良平はその電燈の光に頭《あたま》から汗《あせ》の湯気《ゆげ》のたつのが、彼自身《かれじしん》にもはっきりわかった。井戸《いど》ばたに水をくんでいる女衆《おんなしゅ》や、畑から帰ってくる男衆《おとこしゅ》は、良平があえぎあえぎ走るのを見ては、「おいどうしたね?」などと声をかけた。が、彼は無言《むごん》のまま、雑貨屋《ざっかや》だの床屋《とこや》だの、明るい家の前を走りすぎた。

彼の家《うち》の門口《かどぐち》へかけこんだとき、良平はとうとう大声に、わっと泣きださずにはいられなかった。その泣き声は彼のまわりへ、一時に父や母を集《あつ》まらせた。ことに母はなんとか言いながら、良平のからだをかかえるようにした。が、良平は手足をもがきながら、すすりあげすすりあげ泣きつづけた。その声があまりはげしかったせいか、近所《きんじょ》の女衆も三―四人、薄暗《うすぐら》い門口へ集《あつ》まってきた。父母はもちろんその人たちは、口々に彼《かれ》の泣《な》くわけをたずねた。しかし彼はなんと言われても泣きたてるよりほかにしかたがなかった。あの遠い道をかけとおしてきた、今までの心細さをふりかえると、いくら大声に泣きつづけても、たりない気持《きも》ちにせまられながら、……

良平《りょうへい》は二十六の年、妻子《さいし》といっしょに東京《とうきょう》へでてきた。今ではある雑誌社《ざっししゃ》の二階《かい》に、校正《こうせい》の朱筆《しゅふで》をにぎっている。が、彼はどうかすると、全然《ぜんぜん》なんの理由《りゆう》もないのに、そのときの彼を思い出すことがある。全然なんの理由もないのに？　——*塵労《じんろう》につかれた彼の前には今でもやはりそのときのように、薄暗《うすぐら》い藪《やぶ》や坂《さか》のある道が、ほそぼそと一《ひと》すじ断続《だんぞく》している。

＊
世間《せけん》のわずらわしいかかわりあい

漱《そう》石《せき》山《さん》房《ぼう》の冬

わたしは年少のW君《くん》と、旧友《きゅうゆう》のMに案内《あんない》されながら、ひさしぶりに先生の書斎《しょさい》へはいった。書斎はここへ建《た》てなおったのち、すっかり日あたりがわるくなった。それから支那《しな》の五羽鶴《ごわづる》*1の毯《たん》もいつのまにかだいぶ色がさめた。最後《さいご》にもとの茶《ちゃ》の間《ま》との境《さかい》、*2更紗《さらさ》の唐紙《からかみ》のあったところも、今は先生の写真のある仏壇《ぶつだん》に形をかえていた。

しかしそのほかはあいかわらずである。洋書《ようしょ》のつまった書棚《しょだな》もある。「無絃琴《むげんきん》」の額《がく》もある。先生が毎日原稿《げんこう》を書いた、小さい*3紫壇《したん》の机《つくえ》もある。ガス暖炉《だんろ》もある。屏風《びょうぶ》もある。縁《えん》の外には芭蕉《ばしょう》もある。芭蕉の軒《のき》をはらった葉《は》うらに、大きい花さえくさら

*1 五色の毛で織《お》った敷物《しきもの》 *2 五彩《さい》で、木綿地《もめんじ》または絹地《きぬじ》に、人物・花鳥などいろいろな模様《もよう》をプリントしたもの *3 熱帯産《ねったいさん》の、まめ科の常緑喬木《じょうりょくきょうぼく》。材は、暗紫紅色《あんしこうしょく》で、美しく堅《かた》く、工芸品としても使われる

せている。銅印《どういん》もある。瀬戸《せと》の火鉢《ひばち》もある。天じょうにはねずみの食いやぶった穴《あな》も、……

わたしは天じょうを見あげながら、ひとりごとのようにこう言った。

「天じょうは張《は》りかえなかったのかな。」

「張りかえたんだがね。ねずみの奴《やつ》にはかなわないよ。」

Mは元気そうに笑《わら》っていた。

十一月のある夜《よ》である。この書斎《しょさい》に客《きゃく》が三人あった。客の一人はO君《くん》である。O君は綿抜瓢一郎《わたぬきひょういちろう》という筆名《ひつめい》のある大学生であった。あとの二人も大学生である。しかしこれはO君が今夜先生に紹介《しょうかい》したのである。その一人は袴《はかま》をはき、他の一人は制服《せいふく》を着《き》ている。先生はこの三人の客にこんなことを話していた。「自分はまだ生涯《しょうがい》に三度《ど》しか万歳《ばんざい》をとなえたことはない。最初《さいしょ》は、……二度めは、……三度めは、……」制服《せいふく》を着た大学生はひざのあたりの寒《さむ》いために、始終《しじゅう》ぶるぶるふるえていた。それが当時のわたしだった。もう一人の大学生、——袴をはいたのはKである。Kはある事件《じけん》のために、先生の没後《ぼつご》こないようになった。同時にまた旧友《きゅうゆう》のMとも絶交《ぜっこう》の形になってしまった。これは世間《せけん》も周知《しゅうち》のことであろう。

また十月のある夜である。わたしはひとりこの書斎に、先生とひざをつき合わせていた。話題《わだい》はわたしの身《み》の上《うえ》だった。文を売って口を餬《こ》するのもよい。しかし買うほうは商売《しょうばい》である。それをいちいち注文《ちゅうもん》どおり、引きうけていてはたまるものではない。貧《ひん》のためならばともかくも、つつしむべきものは濫作《らんさく》である。先生はそんな話をしたのち、「君《きみ》はまだ年が若《わか》いから、そういう危険《きけん》などは考えていまい。それをぼくが君のかわりに考えてみるとすればだね」と言った。わたしは今でもそのときの先生の微《び》笑《しょう》をおぼえている。いや、暗《くら》い軒先《のきさき》の芭蕉《ばしょう》のそよぎもおぼえている。しかし先生の訓《くん》戒《かい》には忠《ちゅう》だったと言いきる自信《じしん》をもたない。

さらにまた十二月のある夜である。わたしはやはりこの書斎《しょさい》にガス暖炉《だんろ》の火を守《まも》っていた。わたしといっしょにすわっていたのは先生の奥《おく》さんとMとである。先生はも*う物故《ぶっこ》していた。Mとわたしとは奥さんにいろいろ先生の話を聞いた。先生はあの小さい机《つくえ》に原稿《げんこう》のペンを動《うご》かしながら、床板《ゆかいた》をもれる風のためになやまされたということである。しかし先生は傲語《ごうご》していた。「京都《きょうと》あたりの茶人《ちゃじん》の家とくらべてみたまえ。

＊死去《しきょ》

天じょうは穴《あな》だらけになっているが、とにかくぼくの書斎は雄大《ゆうだい》だからね」穴は今でもあいたままである。先生の没後《ぼつご》七年の今でも……

そのとき若《わか》いW君《くん》の言葉《ことば》はわたしの追憶《ついおく》をうちやぶった。

「和本《わほん》[*1]は虫が食いはしませんか？」

「食いますよ。そいつにも弱っているんです。」

Mは高い書棚《しょだな》の前へW君《くん》を案内《あんない》した。三十分ののち、わたしはほこり風に吹《ふ》かれながら、W君と町を歩いていた。

「あの書斎《しょさい》は冬は寒《さむ》かったでしょうね」

W君はふとい杖《つえ》を振《ふ》り振り、こうわたしに話しかけた。同時にわたしは心の中にありありとそこを思い浮《う》かべた。あの蕭条《しょうじょう》[*2]とした先生の書斎を。

「寒かったろう。」

わたしはなにか興奮《こうふん》のわきあがってくるのを意識《いしき》した。が、何分かの沈黙《ちんもく》ののち、W君はまた話しかけた。

「あの末次平蔵《すえつぐへいぞう》[*3]ですね、異国御朱印帳《いこくごしゅいんちょう》を検《しら》べてみると、慶長《けいちょう》九年八月二十六日、また

＊1 和紙《わし》を使い日本風に仕立《した》てた本　＊2 ひっそりとしてものさびしいさま　＊3 江戸《えど》時代初期の長崎《ながさき》の貿易家《ぼうえきか》。名は政直《まさなお》。朱印状《しゅいんじょう》を得て、ルソン・シャムなどとの貿易《ぼうえき》に従事《じゅうじ》。（一六三〇年没《ぼつ》）

朱印《しゅいん》をもらっていますが、……」

わたしは黙念《もくねん》と歩きつづけた。まともに吹《ふ》きつけるほこり風の中にW君《くん》の軽薄《けいはく》を憎《にく》みながら。

雛《ひな》

箱《はこ》を出る顔忘《かおわす》れめや雛《ひな》二対《つい》　＊1蕪村《ぶそん》

これはある老女《ろうじょ》の話である。

――横浜《よこはま》のあるアメリカ人へ雛《ひな》を売る約束《やくそく》のできたのは十一月ごろのことでございます。紀《き》の国屋《くにや》と申《もう》したわたしの家《うち》は親代代諸大名《おやだいだいしょだいみょう》のお金御用《かねごよう》をつとめておりましたし、ことに紫竹《しちく》とか申した祖父《そふ》は＊2大通《だいつう》の一人にもなっておりましたから、雛もわたしのではございますが、なかなかみごとにできておりました。まあ、申さば、内裏雛《だいりびな》は女雛《めびな》のかんむりの＊3瓔珞《ようらく》にも珊瑚《さんご》がはいっておりますとか、男雛《おびな》の＊4塩瀬《しおぜ》の＊5石帯《せきたい》にも定紋《じょうもん》

＊1　與謝蕪村《よさぶそん》。江戸《えど》時代中期の俳人《はいじん》・画家《がか》。著書《ちょしょ》「新花摘《しんはなつみ》」「玉藻集《たまもしゅう》」など（一七一六―一七八三年）　＊2　大の通人《つうじん》。遊興《ゆうきょう》の道によくつうじている人　＊3　宝玉《ほうぎょく》や貴金属《ききんぞく》を連《つら》ねて編《あ》んだ装身具《そうしんぐ》。インドの上流階級《じょうりゅうかいきゅう》の人たちが頭・首・胸《むね》などにかけた。また、仏像《ぶつぞう》などの飾《かざ》りともした　＊4　横糸《よこいと》をふとくして織《お》った羽二重風《はぶたえふう》の厚地《あつじ》の絹織物《きぬおりもの》　＊5　束帯《そくたい》（朝廷《ちょうてい》の公事《くじ》・儀式《ぎしき》のとき着る正服）のとき、袍《ほう》（朝服《ちょうふく》の上着《うわぎ》）の腰《こし》をくくる帯《おび》。黒漆《こくしつ》をぬった革製《かわせい》

と替《か》え紋《もん》とがたがいちがいに繍《ぬ》いになっておりますとか、――そういう雛《ひな》だったのでございます。

それさえ売ろうと申《もう》すのでございますから、わたしの父、――十二代《だい》めの紀《き》の国屋《くにや》伊兵衛《いへえ》はどのくらい手もとが苦《くる》しかったか、たいていご推量《すいりょう》にもなれるでございましょう。なにしろ徳川家《とくがわけ》のご*1瓦解以来《がかいいらい》、*2御用金《ごようきん》をさげてくだすったのは*3加州様《かしゅうさま》ばかりでございます。それも三千両《りょう》の御用金のうち、百両しかさげてはくださいません。*4因《いん》州様《しゅうさま》などになりますと、四百両《しひゃくりょう》ばかりの御用金のかたに赤間《あかま》が石《せき》の硯《すずり》を一つくだすっただけでございました。そのうえ火事《かじ》には二‐三度《ど》もあいますし、こうもり傘屋《がさや》などをやりましたのも皆《みな》手ちがいになりますし、当時はもう目ぼしい道具《どうぐ》もあらかた一家の口すごしに売りはらっていたのでございます。

そこへ雛でも売ったらと父へすすめてくれましたのは丸佐《まるさ》という骨董屋《こっとうや》の、……もう故人《こじん》になりましたが、はげ頭《あたま》の主人《しゅじん》でございます。この丸佐のはげ頭くらい、おか

*1 物事の一部のくずれから、全体《ぜんたい》がこわれてしまうこと　*2 江戸《えど》時代、幕府《ばくふ》・諸藩《しょはん》の財政《ざいせい》が苦しくなったおり、豪商《ごうしょう》などに命《めい》じた臨時《りんじ》の賦課金《ふかきん》　*3 加賀国《かがのくに》の別称《べっしょう》。今の石川県の南部。藩主《はんしゅ》は前田家《まえだけ》　*4 因幡国《いなばのくに》の別称。今の鳥取県《とっとりけん》の東部。藩主は池田家《いけだけ》

しかったものはございません。と申《もう》すのは頭《あたま》のまん中にちょうど按摩膏《あんまこう》をはったぐらい、入《い》れ墨《ずみ》がしてあるのでございます。これはなんでも若《わか》い時分《じぶん》、ちょいとはげをかくすために彫《ほ》らせたのだそうでございますが、あいにくその後《ご》頭のほうはえんりょなしにはげてしまいましたから、この脳天《のうてん》の入れ墨だけとりのこされることになったのだとか、当人自身《とうにんじしん》申しておりました。……そういうことはともかくも、父はまだ十五のわたしをかわいそうに思ったのでございましょう。たびたび丸佐《まるさ》にすすめられても、雛《ひな》を手ばなすことだけはためらっていたようでございます。

それをとうとう売らせたのは英吉《えいきち》と申すわたしの兄、……やはり故人《こじん》になりましたが、そのころまだ十八だった、癇《かん》の強い兄でございます。兄は開化人《かいかじん》とでも申しましょうか、英語《えいご》の読本《とくほん》をはなしたことのない政治《せいじ》ずきの青年でございました。これが雛の話になると、雛祭《ひなまつ》りなどは旧弊《きゅうへい》だとか、あんな実用《じつよう》にならない物《もの》はとっておいてもしかたがないとか、いろいろけなすのでございます。そのために兄は昔《むかし》ふうの母とも何度口論《こうろん》をしたかわかりません。しかし雛を手放《てばな》しさえすれば、この*大歳《おおとし》のしのぎだけはつけられるのにちがいございませんから、母も苦《くる》しい父の手前、そうは強いことば

＊大みそか

かりも申《もう》されなかったのでございましょう。雛《ひな》は前にも申しましたとおり、十一月の中旬《ちゅうじゅん》にはとうとう横浜《よこはま》のアメリカ人へ売りわたすことになってしまいました。なに、わたしでございますか？　それは駄駄《だだ》もこねましたが、お転婆《てんば》だったせいでございましょう。その割《わり》にはあまり悲《かな》しいとも思わなかったものでございます。父は雛を売りさえすれば、紫繻子《むらさきじゅす》の帯《おび》を一本買ってやると申しておりましたから。……

その約束《やくそく》のできた翌晩《よくばん》、丸佐《まるさ》は横浜《よこはま》へ行った帰りに、わたしの家《うち》へまいりました。

わたしの家と申しましても、三度《ど》めの火事《かじ》にあったのちは普請《ふしん》もほんとうにはまいりません。焼《や》けのこった土蔵《どぞう》を一家の住《す》まいに、それへさしかけて仮普請《かりぶしん》を見世《みせ》[*1]にしていたのでございます。もっとも当時はにわかじこみの薬屋《くすりや》をやっておりましたから、正徳丸《しょうとくがん》とか安経湯《あんけいとう》とかあるいはまた胎毒散《たいどくさん》とか、――そういう薬の金看板《きんかんばん》[*2]だけは薬だんすの上にならんでおりました。そこにまた無尽燈《むじんとう》[*3]がともっている、……と申したばかりでは多分おわかりになりますまい。無尽燈と申しますのは石油《せきゆ》のかわりに種油《たねあぶら》を使《つか》う旧式《きゅうしき》のランプでございます。おかしい話でございますが、わたしはいまだに薬種《やくしゅ》

＊1　商店、店　＊2　金文字《きんもじ》を彫《ほ》りこんだ看板《かんばん》　＊3　油皿《ゆざら》の油がへるにつれて、自然に油がそそぎ加わるような仕《し》掛《か》けの燈台《とうだい》

の匂《にお》い、――*1陳皮《ちんぴ》や*2大黄《だいおう》の匂いがすると、かならずこの無尽燈《むじんとう》を思いださずにはいられません。現《げん》にその晩《ばん》も無尽燈は薬種の匂いのただよった中に、薄暗《うすぐら》い光を放《はな》っておりました。

頭《あたま》のはげた丸佐《まるさ》の主人《しゅじん》はやっと*3散切《ざんぎ》りになった父と、無尽燈を中にすわりました。

「ではたしかに半金《はんきん》だけ、……どうかちょいとおあらためください。」

時候《じこう》の挨拶《あいさつ》をすませてのち、丸佐の主人がとりだしたのは紙包《かみづつ》みのお金でございます。その日に手つけをもらうことも約束《やくそく》だったのでございましょう。父は火鉢《ひばち》へ手をやったなり、なにもいわずに時儀《じぎ》をしました。ちょうどこのときでございます。わたしは母のいいつけどおり、お茶のお給仕《きゅうじ》にまいりました。ところがお茶をだそうとすると、丸佐の主人は大声で、「そりゃあいけません。それだけはいけません。」と、突《とっ》然《ぜん》こう申《もう》すではございませんか？　わたしはお茶がいけないのかと、ちょいと呆気《あっけ》にもとられましたが、丸佐の主人の前を見ると、もう一つ紙につつんだお金がちゃんとでているのでございます。

*1 みかんの皮をかわかしたもので薬用《やくよう》、また薬味料《やくみりょう》とする　*2 たで科の多年草。黄色い根茎《こんけい》の外皮《がいひ》をとり乾《かん》燥《そう》させ、薬用にする　*3 元結《もとゆい》をむすばずに髪《かみ》をたらしたままにしておくこと。明治初年に流行し、文明開化《ぶんめいかいか》の象《しょう》徴《ちょう》とされた

「こりゃあほんの軽少《けいしょう》だが、こころざしはまあこころざしだから、……」

「いえ、もうおこころざしはたしかにいただきました。が、こりゃあどうかお手もとへ、……」

「まあさ、……そんなにまた恥《はじ》をかかせるもんじゃあない。」

「じょうだんおっしゃっちゃあいけません。だんなこそ恥をおかかせなさる。なにも赤の他人《たにん》じゃあなし、大だんな以来《いらい》お世話《せわ》になった丸佐《まるさ》のしたことじゃあごわせんか？　まあ、そんな水っくさいことをおっしゃらずに、これだけはそちらへおしまいなすってください。……おや、お嬢《じょう》さん。おうおう、今日《きょう》は*1蝶蝶髷《ちょうちょうまげ》がたいへんきれいにおできなすった！」

わたしは別段《べつだん》なんの気なしに、こういう押《お》し問答《もんどう》を聞きながら、土蔵《どぞう》の中へ帰ってきました。

土蔵は十二畳《じょう》も敷《し》かりましょうか？　かなり広《ひろ》うございましたが、たんすもあれば長火鉢《ながひばち》もある、*2長持《ながも》ちもあれば置《お》き戸棚《とだな》もある、――という体裁《ていさい》でございましたから、ずっと手ぜまな気がしました。そういう家財道具《かざいどうぐ》の中にも、いちばん人目につきやすす

＊1　少女の髪《かみ》の結《ゆ》い方《かた》の一つ。蝶《ちょう》の羽をひろげたように、左右に輪《わ》にしてたばねるもの　＊2　衣服や日常つかう道具を入れるふたつきの大きい箱

いのは都合《つごう》三十いくつかの総桐《そうぎり》の箱《はこ》でございます。もとより雛《ひな》の箱と申《もう》すことは申しあげるまでもございますまい。これがいつでも引きわたせるように、窓《まど》したの壁《かべ》に積《つ》んでございました。こういう土蔵《どぞう》のまん中に、無尽燈《むじんとう》は見世《みせ》へとられましたから、ぼんやり行燈《あんどん》がともっている、――その昔《むかし》じみた行燈の光に、母は振《ふ》り出《だ》しの袋《ふくろ》を縫《ぬ》い、兄は小さい古机《ふるづくえ》に例《れい》の英語《えいご》の読本《とくほん》かなにか調《しら》べているのでございます。それにはかわったこともございません。ふと母の顔《かお》を見ると、母は針《はり》を動《うご》かしながら、伏《ふ》し目《め》になったまつ毛《げ》の裏《うら》に涙《なみだ》をいっぱいためております。

お茶のお給仕《きゅうじ》をすませたわたしは母にほめてもらうことを楽しみに……というのは大げさにしろ、待《ま》ちもうける気もちはございました。そこへこの涙《なみだ》でございましょう？　わたしは悲《かな》しいと思うよりも、取《と》りつき端《は》にこまってしまいましたから、できるだけ母を見ないように、兄のいるそばへすわりました。すると急《きゅう》に目をあげたのは兄の英吉《えいきち》でございます。兄はちょいとけげんそうに母とわたしとを見くらべましたが、たちまち妙《みょう》な笑《わら》い方《かた》をすると、また横文字《よこもじ》を読みはじめました。わたしはまだこのときぐらい、開化《かいか》を鼻《はな》にかける兄を憎《にく》んだことはございません。お母《かあ》さんをばかにしている、――いちずにそう思ったのでございます。わたしはいきなり力いっぱい、兄の背《せ》なかをぶってやりました。

「なにをする?」

兄はわたしをにらみつけました。

「ぶってやる! ぶってみる!」

わたしは泣《な》き声《ごえ》をだしながら、もう一度《ど》兄をぶとうとしました。そのときはもういつのまにか、兄の癇癖《かんぺき》の強いことも忘《わす》れてしまったのでございます。が、まだあげた手をおろさないうちに、兄はわたしの横鬢《よこびん》へぴしゃりと平手《ひらて》を飛《と》ばせました。

「わからず屋《や》!」

わたしはもちろん泣《な》きだしました。と同時に兄の上にも物差《ものさ》しが降《ふ》ったのでございましょう。兄はすぐと威丈高《いたけだか》に母へ食ってかかりました。母もこうなれば承知《しょうち》しません。低《ひく》い声をふるわせながら、さんざん兄といい合いました。

そういう口論《こうろん》のあいだじゅう、わたしはただくやし泣きに泣きつづけていたのでございます。丸佐《まるさ》の主人《しゅじん》を送《おく》りだした父が無尽燈《むじんとう》を持《も》ったまま、見世《みせ》からこちらへはいっ

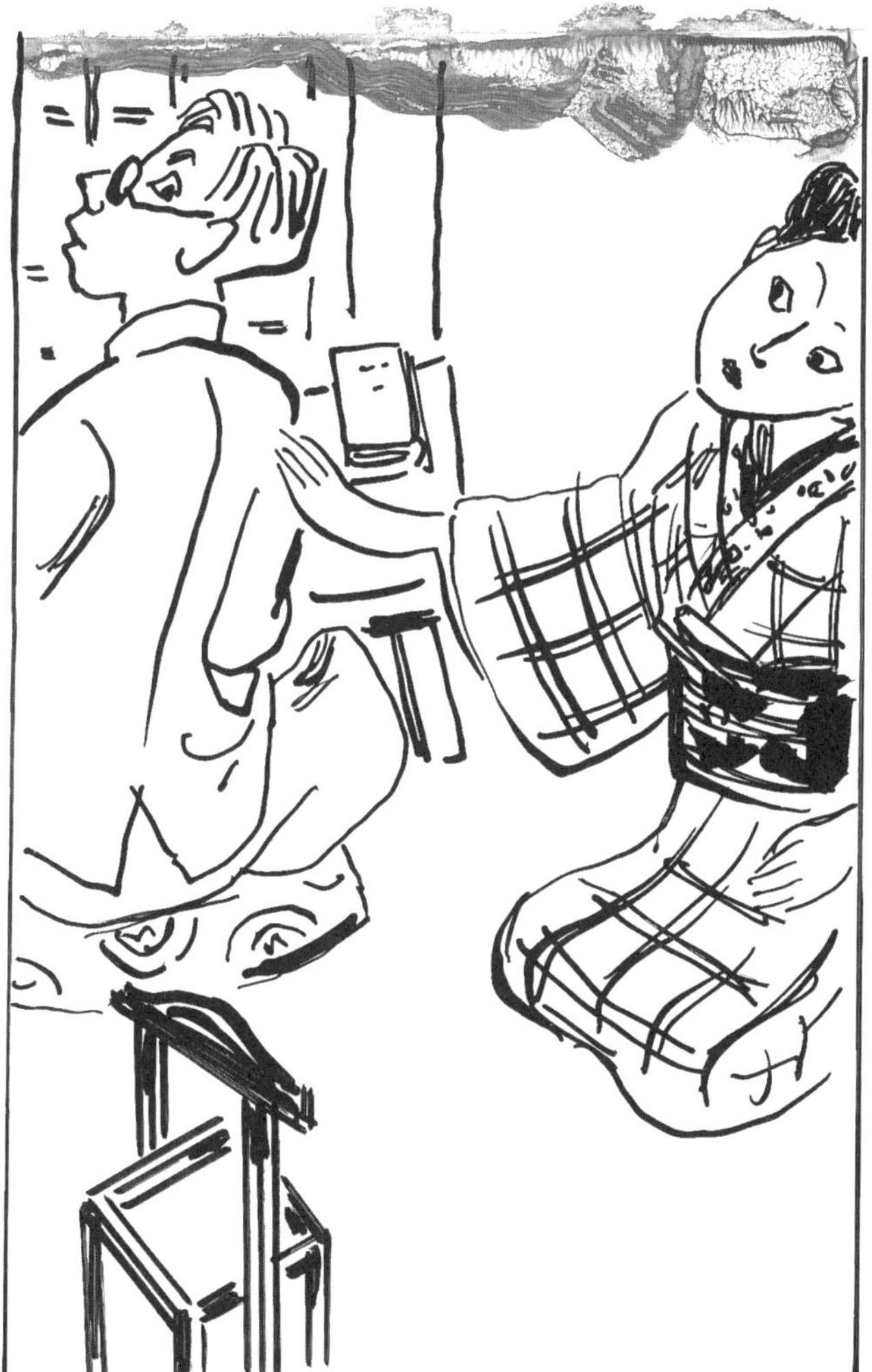

てくるまでは。……いえ、わたしばかりではございません。兄も父の顔《かお》を見ると、急《きゅう》にだまってしまいました。口数《くちかず》をきかない父くらい、わたしはもとより当時の兄にも、恐《おそ》ろしかったものはございませんから。……

その晩雛《ばんひな》は今月の末《まつ》、のこりの半金《はんきん》をうけとると同時に、あの横浜《よこはま》のアメリカ人へわたしてしまうことにきまりました。なに、売《う》り値《ね》でございますか？　今になって考えますと、ばかばかしいようでございますが、たしか三十円とか申《もう》しておりました。それでも当時の諸式《しょしき》にすると、ずいぶん高価《こうか》にはちがいございません。

そのうちに雛を手放《てばな》す日はだんだん近づいてまいりました。わたしは前にも申《もう》しましたとおり、格別《かくべつ》それを悲《かな》しいとは思わなかったものでございます。ところが一日一日と約束《やくそく》の日がせまってくると、いつか雛と別《わか》れるのはつらいように思いだしました。しかしいかに子供《こども》とは申せ、いったん手放すときまった雛を手放さずにすもうとは思いません。ただ人手にわたす前に、もう一度《ど》よく見ておきたい。内裏雛《だいりびな》、五人囃《ばや》し、左近《さこん》の桜《さくら》、右近《うこん》の橘《たちばな》、ぼんぼり、屏風《びょうぶ》、蒔絵《まきえ》の道具《どうぐ》、――もう一度この土蔵《どぞう》の中にそういう物《もの》を飾《かざ》ってみたい、――と申すのが心願《しんがん》でございました。が、性来一徹《せいらいいってつ》な父は何度《なんど》わたしにせがまれても、これだけのことを許《ゆる》しません。「一度《ど》手つけをとったとなりゃあ、どこにあろうが人様《ひとさま》のものだ。人様のものはいじるもんじゃあない」——こう申《もう》すのでございます。

するともう月末《げつまつ》に近い、大風《おおかぜ》の吹《ふ》いた日でございます。母は風邪《ふうじゃ》にかかったせいか、それともまた、下唇《したくちびる》にできた粟《あわ》つぶほどのはれもののせいか、気持《きも》ちがわるいと申したぎり、朝の御飯《ごはん》もいただきません。わたしと台所《だいどころ》を片《かた》づけたのちは片手《かたて》にひたいをおさえながら、ただじっと長火鉢《ながひばち》の前にうつむいているのでございます。ところがかれこれお昼時分《ひるじぶん》、ふと顔《かお》をもたげたのを見ると、はれものがあった下唇《したくちびる》だけ、ちょうど赤いお薩《*さつ》のようにはれあがっているではございませんか？　しかも熱《ねつ》の高いことは妙《みょう》に輝《かがや》いた目の色だけでも、すぐとわかるのでございます。これを見たわたしのおどろきは申すまでもございません。わたしはほとんど無我夢中《むがむちゅう》に、父のいる見世《みせ》へ飛《と》んでいきました。

「お父さん！　お父さん！　お母さんがたいへんですよ。」

父は、……それからそこにいた兄も父といっしょに奥《おく》へきました。が、恐《おそ》ろしい母

＊さつまいも

の顔《かお》にはあっけにとられたのでございましょう。ふだんは物《もの》にさわがぬ父さえ、このときだけは茫然《ぼうぜん》としたなり、口もしばらくはきかずにおりました。しかし母はそういううちにも、一生懸命《いっしょうけんめい》に微笑《びしょう》しながら、こんなことを申《もう》すのでございます。

「なに、たいしたことはありますまい。ただちょいとこのおできに爪《つめ》をかけただけなのですから、……今御飯《ごはん》の支度《したく》をします。」

「無理《むり》をしちゃあいけない。御飯の支度なんぞはお鶴《つる》にもできる。」

父はなかばしかるように、母の言葉《ことば》をさえぎりました。

「英吉《えいきち》！　本間《ほんま》さんを呼《よ》んでこい！」

兄はもうそういわれたときには、一散《いっさん》に大風《おおかぜ》の見世《みせ》の外へ飛《と》びだしておったのでございます。

本間さんと申す漢法医《かんぽうい》、——兄は始終藪医者《しじゅうやぶいしゃ》などとばかにした人でございますが、その医者も母を見たときには、当惑《とうわく》そうに、腕組《うでぐ》みをしました。聞けば母のはれものは面疔《めんちょう》だと申すのでございますから。……もとより面疔も手術《しゅじゅつ》さえできれば、恐《おそ》ろしい病気《びょうき》ではございますまい。が、当時の悲《かな》しさには手術どころのさわぎではございません。ただ前薬《せんやく》を飲《の》ませたり、蛭《ひる》に血《ち》を吸《す》わせたり、――そんなことをするだけでございます。父は毎日枕《まくら》もとに、本間《ほんま》さんの薬《くすり》を煎《せん》じました。兄も毎日十五銭《せん》ずつ、蛭を買いにでかけました。わたしも、……わたしは兄に知れないように、つい近所《きんじょ》のお稲荷様《いなりさま》へお百度《ひゃくど》を踏《ふ》みにかよいました。そういう始末《しまつ》でございますから、雛《ひな》のことも申《もう》してはおられません。いえ、一時わたしをはじめ、だれもあの壁《かべ》ぎわに積《つ》んだ三十ばかりの総桐《そうぎり》の箱《はこ》には目もやらなかったのでございます。

ところが十一月の二十九日、――いよいよ雛と別《わか》れると申す一日前のことでございます。わたしは雛といっしょにいるのも、今日《きょう》が最後《さいご》だと考えると、ほとんど矢も楯《たて》もたまらないくらい、もう一度《ど》箱があけたくなりました。が、どんなにせがんだにしろ、父は不承知《ふしょうち》にちがいありません。すると母に話してもらう、――わたしはすぐにそう思いましたが、なにしろその後《ご》の母の病気《びょうき》は前よりもいっそう重《おも》っております。食《た》べ物《もの》もお湯《ゆ》をすするほかはいっさいのどを通りません。ことにこのころは口中へも、絶《た》えず血《ち》の色をまじえた膿《うみ》がたまるようになったのでございます。こういう母の姿《すがた》を見ると、いかに十五の小娘《こむすめ》にもせよ、わざわざ雛を飾《かざ》りたいなぞとは口へだす勇《ゆう》

＊ せんじぐすり

気《き》もおこりません。わたしは朝から枕《まくら》もとに、母のきげんをうかがいうかがい、とうとうお八《や》つになるころまではなにもいいださずにしまいました。

しかしわたしの目の前には金網《かなあみ》を張《は》った窓《まど》の下に、例《れい》の総桐《そうぎり》の雛《ひな》の箱《はこ》が積《つ》みあげてあるのでございます。そうしてその雛の箱は今夜一晩《ひとばん》すごしたが最後《さいご》、遠い横浜《よこはま》の異《い》人屋敷《じんやしき》へ、……ことによればアメリカへも行ってしまうのでございます。そんなことを考えると、いよいよがまんはできますまい。わたしは母のねむったのを幸《さいわ》い、そっと見世《みせ》へでかけました。見世は日あたりこそわるいものの、土蔵《どぞう》の中にくらべれば、往来《おうらい》の人通りが見えるだけでも、まだしも陽気《ようき》でございます。そこに父は帳合《ちょうあい》*1をしらべ、兄はせっせと片《かた》すみの薬研《やげん》*2に甘草《かんぞう》*3かなにかをおろしておりました。

「ねえ、お父さん、後生一生《ごしょういっしょう》のお願《ねが》いだから、……」

わたしは父の顔《かお》をのぞきこみながら、いつもの頼《たの》みをもちかけました。が、父は承《しょう》知《ち》するどころか、相手《あいて》になる気色《けしき》もございません。

「そんなことはこのあいだもいったじゃあないか？……おい、英吉《えいきち》！おまえは

＊1 現金や商品と帳簿《ちょうぼ》とを照らし合わせて、勘定《かんじょう》をたしかめること　＊2 主として漢方《かんぽう》の薬種《やくしゅ》をこまかくくだくための金属製《きんぞくせい》の器具《きぐ》。舟形《ふながた》で中が深くくぼんでいる　＊3 中国北部に自生《じせい》する多年生植物。根は特殊《とくしゅ》の甘味《かんみ》を持ち、薬用《やくよう》、また甘味用として使われる

今日《きょう》は明るいうちに、ちょいと丸佐《まるさ》へ行ってきてくれ。」

「丸佐へ？　……きてくれというんですか？」

「なに、ランプを一つ持《も》ってきてもらうんだが、……おまえ、帰りにもらってきてもいい。」

「だって丸佐にランプはないでしょう？」

父はわたしをそっちのけに、めずらしい笑《わら》い顔《がお》を見せました。

「燭台《しょくだい》かなにかじゃああるまいし、……ランプは買ってくれって頼《たの》んであるんだ。わたしが買うよりゃあたしかだから。」

「じゃあもう無尽燈《むじんとう》はお廃止《はいし》ですか？」

「あれももうお暇《ひま》のだしどきだろう。」

「古いものはどしどしやめることです。第一《だいいち》お母さんもランプになりゃあ、ちっとは気も晴れるでしょうから。」

父はそれぎりもとのように、またそろばんをはじきだしました。が、わたしの念願《ねんがん》は相手《あいて》にされなければされないだけ、強くなるばかりでございます。わたしはもう一度《ど》うしろから父の肩《かた》をゆすぶりました。

「よう、お父さんってば。よう。」

「うるさい！」

父はうしろをふりむきもせずに、いきなりわたしをしかりつけました。のみならず兄も意地悪《いじわる》そうに、わたしの顔《かお》をにらめております。わたしはすっかりしょげかえったまま、そっとまた奥《おく》へ帰ってきました。すると母はいつのまにか、熱《ねつ》のある目をあげながら、顔の上にかざしたてのひらをながめているのでございます。それがわたしの姿《すがた》を見ると、思いのほかはっきりこう申《もう》しました。

「おまえ、なにをお父さんにしかられたのだえ？」

わたしは返事《へんじ》にこまりましたから、枕《まくら》もとの＊羽根楊枝《はねようじ》をいじっておりました。

「またなにか無理《むり》をいったのだろう？……」

母はじっとわたしを見たなり、こんどは苦《くる》しそうに言葉《ことば》をつぎました。

「わたしはこのとおりのからだだしね、なにもかもお父さんがなさるのだから、おとなしくしなけりゃあいけませんよ。そりゃあお隣《となり》の娘《むすめ》さんは芝居《しばい》へも始終《しじゅう》おいでなさ

＊おはぐろの液《えき》、または薬などをぬるのに用いる鳥の羽根のついた小さい楊枝《ようじ》

るさ。……」

「芝居《しばい》なんぞ見たくはないんだけれど……」

「いえ、芝居にかぎらずさ。かんざしだとか半襟《はんえり》だとか、おまえにゃあほしいものだらけでもね、……」

わたしはそれを聞いているうちに、くやしいのだか悲《かな》しいのだか、とうとう涙《なみだ》をこぼしてしまいました。

「あのねえ、お母さん。……わたしはねえ、……なにもほしいものはないんだけれどねえ、ただあのお雛様《ひなさま》を売る前にねえ、……」

「お雛様かえ？　お雛様を売る前に？」

母はいっそう大きい目にわたしの顔《かお》を見つめました。

「お雛様を売る前にねえ、……」

わたしはちょいといいしぶりました。そのとたんにふと気がついてみると、いつのまにかうしろに立っているのは兄の英吉《えいきち》でございます。兄はわたしを見おろしながら、あいかわらず*慳貪《けんどん》にこう申《もう》しました。

＊愛想《あいそ》がないこと

「わからず屋《や》！　またお雛様《ひなさま》のことだろう？　お父さんにしかられたのを忘《わす》れたのか？」

「まあ、いいじゃあないか？　そんなにがみがみいわないでも。」

母はうるさそうに目をとじました。が、兄はそれも聞こえぬようにしかりつづけるのでございます。

「十五にもなっているくせに、ちっとは理屈《りくつ》もわかりそうなもんだ？　たかがあんなお雛様くらい！　惜《お》しがりなんぞするやつがあるもんか？」

「お世話焼《せわや》きじゃ！　兄さんのお雛様じゃあないじゃあないか？」

わたしも負《ま》けずにいいかえしました。その先はいつもおなじでございます。二言三言《ふたことみ》言《こと》いあううちに、兄はわたしの襟上《えりがみ》をつかむと、いきなりそこへ引きたおしました。

「お転婆《てんば》！」

兄は母さえとめなければ、このときもきっと二つ三つは折檻《せっかん》しておったでございましょう。が、母は枕《まくら》の上になかば頭《あたま》をもたげながら、あえぎあえぎ兄をしかりました。

「お鶴《つる》がなにをしやあしまいし、そんな目にあわせるにゃああたらないじゃあないか。」

「だってこいつはいくらいっても、あんまり聞きわけがないんですもの。」

「いいえ、お鶴《つる》ばかり憎《にく》いのじゃあないだろう？　おまえは……おまえは……」

母は涙《なみだ》をためたまま、くやしそうに何度《なんど》も口ごもりました。

「おまえはわたしが憎いのだろう？　さもなけりゃあわたしが病気《びょうき》だというのに、お雛様《ひなさま》を……お雛様を売りたがったり、罪《つみ》もないお鶴《つる》をいじめたり、……そんなことをするはずはないじゃあないか？　そうだろう？　それならなぜ憎いのだか、……」

「お母さん！」

兄は突然《とつぜん》こう叫《さけ》ぶと、母の枕《まくら》もとにつっ立ったなり、ひじに顔《かお》をかくしました。その後父母《ちちはは》の死《し》んだときにも、涙一《なみだひと》つ落とさなかった兄、――永年政治《ながねんせいじ》に奔走《ほんそう》してから、*癲狂院《てんきょういん》へ送《おく》られるまで、一度《ど》も弱みを見せなかった兄、――そういう兄がこのときだけはすすり泣《な》きをはじめたのでございます。これは興奮《こうふん》しきった母にも、意外《いがい》だったのでございましょう。母は長いため息《いき》をしたぎり、申《もう》しかけた言葉《ことば》も申さずに、もう一度枕をしてしまいました。……

＊ 精神科病院

こういう騒《さわ》ぎがあってから、一時間ほどのちでございましょう。ひさしぶりに見世《みせ》へ顔《かお》をだしたのは肴屋《さかなや》の徳蔵《とくぞう》でございます。いえ、肴屋ではございません。以前《いぜん》は肴屋でございましたが、今は人力車《じんりきしゃ》の車夫《しゃふ》になった、出入りの若《わか》いものでございます。この徳蔵にはおかしい話がいくつあったかわかりません。そのなかでもいまだに思いだすのは苗字《みょうじ》の話でございます。徳蔵もやはり＊1御一新以後《ごいっしんいご》、苗字をつけることになりましたが、どうせつけるくらいならばと＊2大束《おおたば》をきめたのでございましょう。徳川《とくがわ》と申すのをつけることにしました。ところがお役所《やくしょ》へ届《とど》けにでると、しかられたのしかられないのではございません。なんでも徳蔵の申しますには、今にも斬罪《ざんざい》にされかねない権幕《けんまく》だったそうでございます。その徳蔵が気楽《きらく》そうに、牡丹《ぼたん》に唐獅子《からじし》の画《え》を描《か》いた当時の人力車をひっぱりながら、ぶらりと見世《みせ》さきへやってきました。それがまたなにしにきたのかと思うと、今日《きょう》は客《きゃく》のないのを幸《さいわ》い、お嬢《じょう》さんを人力車にお乗《の》せ申して、会津《あいず》っ原《ぱら》からかれんが通りへでもおともをさせていただきたい、――こう申すのでございます。

「どうする？　お鶴《つる》。」

＊1　明治維新《めいじいしん》のこと　＊2　大まか。大ざっぱ

父はわざとまじめそうに、人力車を見に見世《みせ》へでていたわたしの顔《かお》をながめました。今日《こんにち》では人力車《じんりきしゃ》に乗《の》ることなどはさほど子供《こども》も喜《よろこ》びますまい。しかし当時のわたしたちにはちょうど自動車《じどうしゃ》に乗せてもらうくらい、嬉《うれ》しいことだったのでございます。が、母の病気《びょうき》と申《もう》し、ことにああいう大騒《おおさわ》ぎのあったすぐあとのことでございますから、一概《いちがい》に行きたいとも申されません。わたしはまだしょげきったなり、「行きたい」と小声に答えました。

「じゃあお母さんに聞いてこい。せっかく徳蔵《とくぞう》もそういうものだし。」

母はわたしの考えどおり、目もあかずにほほえみながら、「上等《じょうとう》だね」と申しました。意地《いじ》のわるい兄はいいあんばいに、丸佐《まるさ》へでかけた留守《るす》でございます。わたしは泣《な》いたのも忘《わす》れたように、早速《さっそく》人力車にとび乗りました。赤ゲット*をひざ掛《か》けにした、輪《わ》のがらがらと鳴る人力車に。

そのとき見て歩いた景色《けしき》などは申しあげる必要《ひつよう》もございますまい。ただ今でも話にでるのは徳蔵の不平《ふへい》でございます。徳蔵はわたしを乗せたまま、れんがの大通りにさしかかるが早いか、西洋《せいよう》の婦人《ふじん》を乗せた馬車とまともに衝突《しょうとつ》しかかりました。それは

＊赤い毛布《もうふ》

やっと助《たす》かりましたが、いまいましそうに舌打《したう》ちをすると、こんなことを申《もう》すのでございます。

「どうもいけねえ。お嬢《じょう》さんはあんまり軽《かる》すぎるから、かんじんの足が踏《ふ》んどまらねえ。……お嬢さん。乗《の》せる車屋《くるまや》がかわいそうだから、二十前《はたちまえ》にゃあ車へお乗んなさんなよ。」

人力車《じんりきしゃ》はれんがの大通りから、家のほうへ横町《よこちょう》をまがりました。するとたちまちであったのは兄の英吉《えいきち》でございます。兄は煤竹《すすだけ》の柄《え》のついた置《お》きランプを一台さげたまま、急《いそ》ぎ足《あし》にそこを歩いておりました。それがわたしの姿《すがた》を見ると、「待《ま》て」と申すあいずでございましょう、ランプをさしあげるのでございます。が、もうその前に徳《とく》蔵《ぞう》はぐるりと梶棒《かじぼう》をまわしながら、兄のほうへ車をよせておりました。

「ご苦労《くろう》だね。徳さん。どこへ行ったんだい?」

「へえ、なに、今日《きょう》はお嬢さんの江戸見物《えどけんぶつ》です。」

兄は苦笑《くしょう》をもらしながら、人力車のそばへ歩みよりました。

「お鶴《つる》。おまえ、先へこのランプを持《も》っていってくれ。わたしは油屋《あぶらや》へよっていくから。」

わたしはさっきのけんかのてまえ、わざとなんとも返事《へんじ》をせずに、ただランプだけうけとりました。兄はそれなり歩きかけましたが、急《きゅう》にまたこちらへむきかえると、人力車《じんりきしゃ》の泥《どろ》よけに手をかけながら、「お鶴《つる》」と申《もう》すのでございます。

「お鶴、おまえ、またお父さんにお雛様《ひなさま》のことなんぞ言うんじゃあないぞ。」

わたしはそれでもだまっておりました。あんなにわたしをいじめたくせに、またかと思ったのでございます。しかし兄は頓着《とんじゃく》せずに、小声の言葉《ことば》をつづけました。

「お父さんが見ちゃあいけないと言うのは手つけをとったばかりじゃあないぞ。見りゃあみんなに未練《みれん》がでる、――そこも考えているんだぞ。いいか？　わかったか？　わかったら、もうさっきのように見たいのなんのと言うんじゃあないぞ。」

わたしは兄の声の中にいつにない情《じょう》あいを感《かん》じました。が、兄の英吉《えいきち》くらい、妙《みょう》な人間はございません。やさしい声をだしたかと思うと、こんどはまたふだんのとおり、突然《とつぜん》わたしをおどかすようにこう申すのでございます。

「そりゃあ言いたけりゃあ言ってもいい。そのかわり痛《いた》いめにあわされると思え。」

兄は憎体《にくてい》に言《い》い放《はな》ったなり、徳蔵《とくぞう》にも挨拶《あいさつ》もなにもせずに、さっさとどこかへ行ってしまいました。

その晩《ばん》のことでございます。わたしたち四人は土蔵《どぞう》の中に、夕飯《ゆうはん》の膳《ぜん》をかこみました。もっとも母は枕《まくら》の上に顔《かお》をあげただけでございますから、かこんだものの数《かず》にははいりません。しかしその晩の夕飯はいつもよりはなやかな気がしました。それは申《もう》すまでもございません。あの薄暗《うすぐら》い無尽燈《むじんとう》のかわりに、今夜は新しいランプの光が輝《かがや》いているからでございます。兄やわたしは食事《しょくじ》のあいまも、ときどきランプをながめました。石油《せきゆ》を透《す》かしたガラスの壺《つぼ》、動《うご》かない炎《ほのお》を守《まも》った火屋《ほや》、――そういうものの美《うつく》しさにみちためずらしいランプをながめました。

「明るいな。昼のようだな。」

父も母をかえりみながら、満足《まんぞく》そうに申しました。

「まぶしすぎるくらいですね。」

こう申した母の顔には、ほとんど不安《ふあん》に近い色が浮《う》かんでいたものでございます。

「そりゃあ無尽燈になれていたから……だが一度《ど》ランプをつけちゃあ、もう無尽燈はつけられない。」

「なんでもはじめはまぶしすぎるんですよ。ランプでも、西洋《せいよう》の学問《がくもん》でも、……」

兄はだれよりもはしゃいでおりました。

「それでもなれりゃあおなじことですよ。今にきっとこのランプも暗《くら》いというときがくるんです。」

「大きにそんなものかもしれない。……お鶴《つる》。おまえ、お母さんのおも湯《ゆ》はどうしたんだ?」

「お母さんは今夜《こんや》はたくさんなんですって。」

わたしは母の言ったとおり、なんの気もなしに返事《へんじ》をしました。

「こまったな。ちっとも食気《しょくけ》がないのかい?」

母は父にたずねられると、しかたがなさそうにため息《いき》をしました。

「ええ、なんだかこの石油《せきゆ》の匂《にお》いが、……旧弊人《きゅうへいじん》の証拠《しょうこ》ですね。」

それぎりわたしたちは言葉《ことば》ずくなに、箸《はし》ばかり動《うご》かしつづけました。しかし母は思いだしたように、ときどきランプの明るいことをほめていたようでございます。あのはれあがったくちびるの上にも微笑《びしょう》らしいものさえ浮《う》かべながら。

その晩《ばん》も皆《みな》休んだのは十一時すぎでございます。しかしわたしは目をつぶっても、容易《ようい》に寝《ね》つくことができません。兄はわたしに雛《ひな》のことは二度《ど》と言うなと申《もう》しました。わたしも雛をだして見るのはできない相談《そうだん》とあきらめております。が、だしてみたいことはさっきと少しもかわりません。雛は明日《あした》になったが最後《さいご》、遠いところへ行ってしまう、――そう思えばつぶった目の中にも、自然《しぜん》と涙《なみだ》がたまってきます。いっそみんなの寝ているうちに、そっと一人だしてみようか？　――そうもわたしは考えてみました。それともあの中の一つだけ、どこかほかへかくしておこうか？　――そうもまたわたしは考えてみました。しかしどちらも見つかったら、――と思うとさすがにひるんでしまいます。わたしは正直《しょうじき》にその晩くらい、いろいろ恐《おそ》ろしいことばかり考えたおぼえはございません。今夜もう一度火事《かじ》があればいい。そうすれば人手にわたらぬ前に、すっかり雛も焼《や》けてしまう。さもなければアメリカ人も頭《あたま》のはげた丸佐《まるさ》の主人《しゅじん》もコレラになってしまえばいい。そうすれば雛はどこへもやらずに、このままだいじにすることができる。――そんな空想《くうそう》も浮《う》かんでまいります。が、まだなんと申しても、そこは子供《こども》でございますから、一時間たつかたたないうちに、いつからとうとと眠《ねむ》ってしまいました。

それからどのくらいたちましたか、ふと眠《ねむ》りがさめてみますと、薄暗《うすぐら》い行燈《あんどん》をともした土蔵《どぞう》にだれか人の起《お》きているらしい物音《ものおと》が聞こえるのでございます。ねずみかしら、どろぼうかしら、またはもう夜明けになったのかしら？　——わたしはどちらかとまよいながら、おずおず細目をあいて見ました。するとわたしの枕《まくら》もとには、寝間《ねま》着《き》のままの父が一人、こちらへ横顔《よこがお》をむけながら、すわっているのでございます。父が！　……しかしわたしをおどろかせたのは父ばかりではございません。父の前にはわたしの雛《ひな》が、——お節句以来《せっくいらい》見なかった雛がならべたててあるのでございます。

夢《ゆめ》かと思うと申《もう》すのはああいうときでございましょう。わたしはほとんど息《いき》もつかずに、この不思議《ふしぎ》を見守《みまも》りました。おぼつかない行燈《あんどん》の光の中に、象牙《ぞうげ》の笏《しゃく》をかまえた男雛《おびな》を、冠《かんむり》の瓔珞《ようらく》をたれた女雛《めびな》を、右近《うこん》の橘《たちばな》を、左近《さこん》の桜《さくら》を、柄《え》の長い日傘《ひがさ》をかついだ仕丁《じちょう》を、*目《め》八分《はちぶん》に高坏《たかつき》をささげた官女《かんじょ》を、小さい蒔絵《まきえ》の鏡台《きょうだい》や簞笥《たんす》を、貝殻《かいがら》づくしの雛屏風《ひなびょうぶ》を、膳椀《ぜんわん》を、画《え》ぼんぼりを、色糸の手まりを、そうしてまた父の横顔を、

＊物を両手で目より少し低い高さにささげ持つこと

……

夢《ゆめ》かと思うと申《もう》すのは、……ああ、それはもう前に申しあげました。が、ほんとうにあの晩《ばん》の雛《ひな》は夢だったのでございましょうか？　いちずに雛を見たがったあまり、知らず識《し》らずつくりだした幻《まぼろし》ではなかったのでございましょうか？　わたしはいまだにどうかすると、わたし自身《じしん》にもほんとうかどうか、返答《へんとう》にこまるのでございます。

しかしわたしはあの夜ふけに、ひとり雛をながめている、年とった父を見かけました。これだけはたしかでございます。そうすればたとい夢にしても、べつだんくやしいとは思いません。とにかくわたしは目《ま》のあたりに、わたしと少しもかわらない父を見たのでございますから、女女《めめ》しい、……そのくせおごそかな父を見たのでございますから。

「雛」の話を書きかけたのは何年か前のことである。それを今書きあげたのは滝田氏《たきたし》のすすめによるのみではない。同時にまた四 - 五日前《まえ》、横浜《よこはま》のあるイギリス人の客間《きゃくま》に、古雛《ふるびな》の首《くび》をおもちゃにしている紅毛《こうもう》の童女《どうじょ》にあったからである。今はこの話にでてくる雛《ひな》も、鉛《なまり》の兵隊《へいたい》やゴムの人形と一つおもちゃ箱《ばこ》に投《な》げこまれながら、おなじ憂《う》きめを見ているのかもしれない。

解説

芥川龍之介《あくたがわりゅうのすけ》とその作品《さくひん》

久保田正文《くぼたまさふみ》

芥川龍之介《あくたがわりゅうのすけ》の生まれたのは明治《めいじ》二十五年（一八九二年）であり、死《し》んだのは昭和《しょうわ》二年（一九二七年）である。そこで、この時代《じだい》に日本の社会や政治《せいじ》のうえでどんなことがおこっているかをちょっとふりかえっておくと、明治二十七年から二十八年にかけて日清戦争《にっしんせんそう》があり、さらに十年後には日露戦争《にちろせんそう》がたたかわれた。そして、明治四十三年からその翌年《よくとし》にかけて、大逆事件《たいぎゃくじけん》（幸徳秋水事件《こうとくしゅうすいじけん》）がおこっている。無政府主義者《むせいふしゅぎしゃ》たちが、明治天皇《めいじてんのう》を暗殺《あんさつ》しようという陰謀《いんぼう》をたくらんでいるという理由《りゆう》で多くの人びとが検挙《けんきょ》され、そのうち二十四人に死刑判決《しけいはんけつ》があり、判決の翌日《よくじつ》、天皇の命令《めいれい》ということで十二人が無期徴役《むきちょうえき》に減刑《げんけい》されるが、幸徳秋水以下《いか》十二人には判決後、日ならず刑が執行《しっこう》されるという事件《じけん》である。上告審《じょうこくしん》なしの一審判決《しんはんけつ》、たった九か月で検挙《けんきょ》から刑《けい》の執行《しっこう》まで終《お》わるという暗黒裁判事件《あんこくさいばんじけん》である。大正《たいしょう》にはいって、第一次世界大戦参加《だいいちじせかいたいせんさんか》、シベリア出兵《しゅっぺい》、米騒動《こめそうどう》、そして大正十二年（一九二三年）九月一日の関東大震災《かんとうだいしんさい》などがある。

そこで、芥川龍之介《あくたがわりゅうのすけ》の作品《さくひん》を中心にしてみてゆくと、これらの政治的《せいじてき》・社会的事件《しゃかいてきじけん》に彼《かれ》は直接《ちょくせつ》にそれほど関心《かんしん》をもたなかったようである。日清戦争《にっしんせんそう》、日露戦争《にちろせんそう》は少年時《しょうねんじ》代《だい》のことであったからでもあるけれども、大逆事件《たいぎゃくじけん》のころは中学から高等学校《こうとうがっこう》入学のころであるが、やはりそれほどはっきりした関心をしめしていない。はげしく移《うつ》りかわる、外側《そとがわ》の現実《げんじつ》の世界よりも、彼の目はもっぱら書物《しょもつ》をつうじての文学や芸術《げいじゅつ》の世界へむけられたようである。

芥川龍之介の読書力は、ちょっと天才的《てんさいてき》とでもいうべきもので、大学のころでも、英語《えいご》の書物《しょもつ》なら一日に千ページ以上《いじょう》、日本文のものなら三―四人の人と雑談《ざつだん》しながらでも読むことができたということを、小島政二郎《こじままさじろう》がつたえている。その読書範囲《どくしょはんい》はヨーロッパ、中国《ちゅうごく》、日本の古典《こてん》から現代作品《げんだいさくひん》にいたっている。

彼が、小説家《しょうせつか》としてひろく世《よ》の中《なか》にみとめられるきっかけをつくったのは、大学生《だいがくせい》時代《じだい》に久米正雄《くめまさお》や菊池寛《きくちかん》やその他《ほか》の友人たちとともに創刊《そうかん》した同人雑誌《どうじんざっし》、第《だい》四次《じ》『新《しん》思潮《しちょう》』に発表《はっぴょう》した「鼻《はな》」が、夏目漱石《なつめそうせき》によってほめられたことからである。この作品《さくひん》は、平安朝時代《へいあんちょうじだい》の古典《こてん》『今昔物語集《こんじゃくものがたりしゅう》』にある話をもとにして書かれている。そのほか、「羅生門《らしょうもん》」「芋粥《いもがゆ》」「偸盗《ちゅうとう》」「藪《やぶ》の中」など、平安朝時代の物語から材料《ざいりょう》をとった作品は、ほぼ初期《しょき》に集中《しゅうちゅう》して十六編《へん》ある。これらの作品をまとめて〈王朝《おうちょう》もの〉と言っている。この巻《かん》に収録《しゅうろく》された「地獄変《じごくへん》」もそのうちの一編《ぺん》である。

「地獄変」について言うと、主人公《しゅじんこう》の絵師《えし》・良秀《よしひで》は、芸術《げいじゅつ》の完成《かんせい》と永遠性《えいえんせい》のためには、どのような現世《げんせ》の苦《くる》しみにも耐《た》えようとしている人物《じんぶつ》で、ついには娘《むすめ》の焼《や》き殺《ころ》される姿《すがた》をさえも絵のために生かそうとする。しかし、良秀自身《よしひでじしん》の死《し》んだあと、その小さな墓石《はかいし》はだれのものとも知れなくなってしまったという結末《けつまつ》をしめした作品である。

もうひとつ、初期芥川龍之介《あくたがわりゅうのすけ》のちからをそそいだテーマとして、〈キリシタンもの〉がある。「奉教人《ほうきょうにん》の死」「邪宗門《じゃしゅうもん》」「神々《かみがみ》の微笑《びしょう》」など、十五編がある。古今東西《ここんとうざい》にわたる彼の学識《がくしき》が、学問的《がくもんてき》なぎごちなさをのこさないでよく生かされた作品群《さくひんぐん》である。王朝《おうちょう》ものの世界《せかい》、キリシタンものの世界。つまり、大逆事件《たいぎゃくじけん》にも、第《だい》一次世界大戦《じせかいたいせん》にも、米騒動《こめそうどう》にも、意識的《いしきてき》にうごかされまいとしていたらしいそのころの芥川龍之介《あくたがわりゅうのすけ》は、もっぱら古い時代《じだい》の世界へ没入《ぼつにゅう》することによって、自分の芸術的完成《げいじゅつてきかんせい》をもとめようとしていた。しかし、その没入についても、ひそかなうたがいがしのび寄《よ》ることも避《さ》けられなかったらしいフシもある。前述《ぜんじゅつ》のように、「地獄変《じごくへん》」の結末《けつまつ》にも、「野呂松《のろまつ》人形《にんぎょう》」（大正《たいしょう》五年作）のテーマにも、それはあらわれている。

「あの頃《ころ》の自分の事《こと》」という作品《さくひん》の発表《はっぴょう》されるのは大正八年一月のことである。それは、学生時代《がくせいじだい》の生活、友人《ゆうじん》たちとの交《まじ》わりをふりかえったいわゆる私小説《ししょうせつ》ふうな作品であるが、そのころから芥川龍之介は、王朝ものやキリシタンものからすこしずつ遠ざかる動《うご》きをしめしはじめる。「秋」や「トロッコ」なども、そういう傾向《けいこう》をしめす作品であるが、「蜜柑《みかん》」（大正八年作）「一塊《いっかい》の土」（大正十二年作）などもその系統《けいとう》の秀作《しゅうさく》であり、やがて〈保吉《やすきち》もの〉と言われる一連《いちれん》の作品があらわれる。堀川保吉《ほりかわやすきち》という、ほぼ作者自身《さくしゃじしん》と見たてていい人物《じんぶつ》が登場《とうじょう》する作品群《さくひんぐん》で、「魚河岸《うおがし》」（大正十一年作）から、「早春《そうしゅん》」（大正十三年作）にいたる十編《ぺん》をかぞえることができる。なかでは、「保吉の手《て》帳《ちょう》から」（大正十二年作）にふくまれる「わん」が、軍人《ぐんじん》に対《たい》する痛烈《つうれつ》な批判《ひはん》を放《はな》っている。

「大導寺信輔《だいどうじしんすけ》の半生《はんせい》」の発表《はっぴょう》されたのは『中央公論《ちゅうおうこうろん》』大正十四年一月号であるが、そのころから、しだいに切迫《せっぱく》した調子《ちょうし》がみえはじめ、「年末《ねんまつ》の一日」「点鬼簿《てんきぼ》」「玄鶴山房《げんかくさんぼう》」「蜃気楼《しんきろう》」などの世界《せかい》を経《へ》て、遺作《いさく》としてよく知られた「歯車《はぐるま》」「或阿呆《あるあほう》の一生」などへつながる。これらはすべて、最晩年《さいばんねん》の作者自身《さくしゃじしん》の生活に材料《ざいりょう》をとった秀作《しゅうさく》であるが、その時期《じき》の作品《さくひん》として、特《とく》に「河童《かっぱ》」（昭和《しょうわ》二年作）の存在《そんざい》を見のがすわけにはゆかないだろう。芥川龍之介《あくたがわりゅうのすけ》が、そのすべての知性《ちせい》をふりしぼって書きあげた「ガリバァ旅行記《りょこうき》」ふうな風刺小説《ふうししょうせつ》であり、文明批評小説《ぶんめいひひょうしょうせつ》である。初期王朝《しょきおうちょう》もの、キリシタンもの時代《じだい》とまったくかわった芥川龍之介が、ここにあらわれている。

明治以後《めいじいご》の近代日本小説《きんだいにほんしょうせつ》のなかで、十指《じっし》のなかにはいりうる傑作《けっさく》と、私自身《わたしじしん》はかんがえている。

昭和二年（一九二七年）七月二十四日未明《みめい》、芥川龍之介は、東京・田端《たばた》の自室《じしつ》で睡眠薬自殺《すいみんやくじさつ》をした。芥川龍之介の死《し》によって、大正文学《たいしょうぶんがく》は幕《まく》を閉《と》じた、と多くの文学史家《ぶんがくしか》はかんがえている。

「蜘蛛《くも》の糸」について

『赤《あか》い鳥《とり》』大正《たいしょう》七年（一九一八年）七月号に発表《はっぴょう》した童話《どうわ》。この童話雑誌《どうわざっし》は、夏目漱石《なつめそうせき》門下《もんか》で、芥川龍之介《あくたがわりゅうのすけ》にとっては同門の先輩鈴木三重吉《せんぱいすずきみえきち》の編集《へんしゅう》していたもので、北原白秋《きたはらはくしゅう》が童謡作者《どうようさっか》・選者《せんじゃ》として、山本鼎《やまもとかなえ》が児童画選者《じどうがせんじゃ》として参加《さんか》していた。小説《しょうせつ》「地獄変《じごくへん》」もおなじ年五月の発表である。「蜘蛛《くも》の糸」も「地獄変」もともに、短編集《たんぺんしゅう》「傀儡師《かいらいし》」（大正八年一月刊《かん》）に収録《しゅうろく》されているが、作者《さくしゃ》の死後《しご》童話集として『三つの宝《たから》』が、昭和《しょうわ》三年（一九二八年）六月に刊行《かんこう》され、「白」「蜘蛛の糸」「魔術《まじゅつ》」「杜子春《とししゅん》」「アグニの神《かみ》」「三つの宝」の六編《ぺん》が収録されている。

大泥坊《おおどろぼう》の犍陀多《かんだた》が、生前のただひとつの善行《ぜんこう》によって地獄から脱出《だっしゅつ》のチャンスをつかむが、彼自身《かれじしん》のエゴイズムによってその幸福《こうふく》を逃《の》がしてしまうという教訓《きょうくん》を、この作品《さくひん》からよみとることを、作者自身拒否《きょひ》することはできないだろう。しかし、作者の詩《し》は、やがて午《ひる》に近くなった極楽《ごくらく》の蓮池《はすいけ》のほとりに立った釈迦《しゃか》が、犍陀多の一部始終《いちぶしじゅう》を眺《なが》めおわって、「悲《かな》しそうなお顔《かお》をなさりながら、またぶらぶらお歩きになりはじめました」というところにあるだろう。「或阿呆《あるあほう》の一生」のはじめの章《しょう》に、ある本屋《ほんや》の高い書棚《しょだな》へ西洋《せいよう》ふうの梯子《はしご》をかけて登《のぼ》った青年が、ヨーロッパのすぐれた文学者《ぶんがくしゃ》たちの書物《しょもつ》にかこまれながら、梯子の下で動《うご》いている店員《てんいん》や客《きゃく》を見おろして、「人生は一行《ぎょう》のボオドレエルにも若《し》かない」とつぶやく姿《すがた》は、よく知られている。「蜘蛛《くも》の糸」の釈迦《しゃか》の横顔《よこがお》は、「或阿呆の一生」の青年のプロフィールとかよいあっている。

「杜子春《とししゅん》」について

『赤い鳥《あかいとり》』大正《たいしょう》九年（一九二〇年）七月号に発表された。中国に、鄭還古《ていかんこ》撰《せん》の「杜子春《とししゅん》伝《でん》」があり、それによっている（吉田精一《よしだせいいち》著『芥川龍之介《あくたがわりゅうのすけ》』参照《さんしょう》）。

この作品《さくひん》は二つの寓意《ぐうい》によって成《な》りたっている。杜子春が鉄冠子《てっかんし》から三度《ど》めに金持《かねも》ちにしてやろうと言われたとき、一般《いっぱん》に人間というものは、こちらが金持ちになったときにはお世辞《せじ》や追従《ついしょう》を言って寄《よ》ってくるが、一度貧乏《びんぼう》になるとやさしい顔さえみせない、もう人間には愛想《あいそ》がつきたとかんがえるところ。そしてもうひとつはもちろん終《お》わりの、父母のくるしみを見殺《みごろ》しにして仙人《せんにん》になるよりは、人間にもどって正直《しょうじき》な暮《く》らしをしたほうがいいとかんがえるところである。この種《しゅ》の寓意《ぐうい》には、「蜘蛛《くも》の糸」の場合とおなじように、いくらか教育的《きょういくてき》に常識的《じょうしきてき》な効果《こうか》がある。正宗白鳥《まさむねはくちょう》がこれらの二つの作品《さくひん》にふれて、「有《あ》り振《ふ》れた人情《にんじょう》に雷同《らいどう》して作為《さくい》された物語《ものがたり》である」と、冷淡《れいたん》に批評《ひひょう》したのもそのためである。むしろ作者《さくしゃ》のロマンティックな詩《し》は、泰山《たいざん》の麓《ふもと》に咲《さ》き満《み》ちた桃《もも》の花にかこまれた家で、畑《はたけ》をたがやしながら暮《く》らす生活の夢《ゆめ》にあったかもしれない。すでに流行作家《りゅうこうさっか》として、目まぐるしいジャーナリズムの繁忙《はんぼう》につきまとわれていた芥川龍之介《あくたがわりゅうのすけ》の疲《つか》れた表情《ひょうじょう》がその奥《おく》にみえはじめている。

「トロッコ」について

『大観《たいかん》』大正《たいしょう》十一年（一九二二年）三月号に発表《はっぴょう》された。「蜜柑《みかん》」とともに、少年・少女を主人公《しゅじんこう》にした短編小説《たんぺんしょうせつ》として、きわだってすぐれた出来《でき》ばえをしめしている。室生犀星《むろうさいせい》は、「蜜柑」よりは「トロッコ」のほうがより「清澄簡潔《せいちょうかんけつ》」と評《ひょう》している。良平《りょうへい》が、トロッコを押《お》してゆきながら、よろこびが時間の経過《けいか》とともに不安《ふあん》に移《うつ》ってゆく心理的過程《しんりてきかてい》が、外界《がいかい》の自然風景《しぜんふうけい》に照応《しょうおう》させながら、無理《むり》なくうつされる。二十六歳《さい》になった良平が、雑誌社《ざっししゃ》の校正《こうせい》の仕事《しごと》をして生活しながら、どうかするとなんの理由《りゆう》もなくそのときのことをありありと思いうかべる結末《けつまつ》も、しっくりとすわっている。むしろ、この簡潔《かんけつ》な結末《けつまつ》によって、全体《ぜんたい》がもう一度《ど》生きかえるかのごとくである。

おなじ良平という名前の少年を主人公《しゅじんこう》にする「百合《ゆり》」と題《だい》する作品《さくひん》が、『新潮《しんちょう》』大《たい》正《しょう》十一年十月号に発表《はっぴょう》されている。これは未完作《みかんさく》であるが、おなじように農村《のうそん》の少年のみずみずしい感受性《かんじゅせい》をえがいて躍動的《やくどうてき》である。

この集《しゅう》に収録《しゅうろく》された作品のうち、上記のもののほかの初出誌《しょしゅつし》をしるしておく。

「地獄変《じごくへん》」『大阪毎日新聞《おおさかまいにち》』大正七年（一九一八年）五月。
「魔術《まじゅつ》」『赤《あか》い鳥《とり》』大正九年一月号。
「舞踏会《ぶとうかい》」『新潮《しんちょう》』大正九年一月号。
「秋」『中央公論《ちゅうおうこうろん》』大正九年四月号。
「漱石山房《そうせきさんぼう》の冬」『サンデー毎日』大正十二年一月。
「雛《ひな》」『中央公論《ちゅうおうこうろん》』大正十二年三月号。

著・芥川龍之介（あくたがわ　りゅうのすけ）

1892（明治25）年、東京市京橋区（現在の築地付近）に生まれる。まもなく母の実家芥川家にひきとられ、養子縁組を結ぶ。幼少のころより成績優秀で、第一高等学校に無試験で入学、1913年、東京大学英文科に入学し、翌年、菊池寛、久米正雄らと第三次「新思潮」を発刊する。卒業後、海軍機関学校の嘱託教官となるかたわら、「偸盗《ちゅうとう》」「蜘蛛の糸」等の作品を発表。1919年、毎日新聞社に入社。主な作品に、「鼻」「芋粥」「羅生門」「トロッコ」「河童」「歯車」等多数ある。1927年、死去。

※この本は読みやすくするために、旧かなづかいを新かなづかいにし、読点をふやし、一部の漢字をかなにしてありますが、そのほかは原文にそっています。

※この作品は、1979年ポプラ社発行の『蜘蛛の糸』を新装改訂しています。

2005年10月　第１刷 ©　　　2005年11月第２刷

ポプラポケット文庫371-1

蜘蛛《くも》の糸《いと》

著　芥川龍之介

発行者　坂井宏先

発行所　株式会社ポプラ社

東京都新宿区大京町22-1・〒160-8565

振替　00140-3-149271

電話（編集）03-3357-2216　（営業）03-3357-2212

（お客様相談室）0120-666-553

FAX（ご注文）03-3359-2359

インターネットホームページ http://www.poplar.co.jp

印刷・製本　図書印刷株式会社

Designed by 濱田悦裕

ISBN4-591-08863-4　N.D.C.913　220p　18cm

Printed in Japan

ポプラ ポケット文庫

● 小学校 初・中級〜　●● 小学校 中級〜　●●● 小学校 上級〜　●●●● 中学生向け

日本の名作

- 注文の多い料理店　宮沢賢治／著
- 銀河鉄道の夜　宮沢賢治／著
- 風の又三郎　宮沢賢治／著
- セロひきのゴーシュ　宮沢賢治／著
- 雨ニモマケズ　宮沢賢治／著
- ごんぎつね　新美南吉／著
- おじいさんのランプ　新美南吉／著
- 泣いた赤おに　浜田廣介／著
- 蜘蛛の糸　芥川龍之介／著
- 怪談　小泉八雲／著　山本和夫／訳
- 二十四の瞳　壺井　栄／著
- 走れメロス　太宰　治／著
- 坊っちゃん　夏目漱石／著
- 吾輩は猫である・上　夏目漱石／著
- 吾輩は猫である・下　夏目漱石／著

Poplar
Pocket
Library

世界の名作

トム・ソーヤーの冒険　マーク・トウェン／作　岡上鈴江／訳
ふしぎの国のアリス　キャロル／作　蕗沢忠枝／訳
オズの魔法使い　バウム／作　守屋陽一／訳
長くつしたのピッピ　リンドグレーン／作　木村由利子／訳
秘密の花園　バーネット／作　谷村まち子／訳
ピーター・パン　バリ／作　班目三保／訳
あしながおじさん　ウエブスター／作　山主敏子／訳
赤毛のアン　モンゴメリ／作　白柳美彦／訳
にんじん　ルナール／作　南本　史／訳
十五少年漂流記　ベルヌ／作　大久保昭男／訳
海底二万マイル　ベルヌ／作　南本　史／訳
がんくつ王　デュマ／作　幸田礼雅／訳
おちゃめなふたご　ブライトン／作　佐伯紀美子／訳
ピンクのバレエシューズ　ヒル／作　長谷川たかこ／訳
三国志　一群雄のあらそい　三田村信行／文　若菜等＋Ki／絵

みなさんとともに明るい未来を

一九七六年、ポプラ社は日本の未来ある少年少女のみなさんのしなやかな成長を希《ねが》って、「ポプラ社文庫」を刊行しました。

二十世紀から二十一世紀へ――この世紀に亘《わた》る激動の三十年間に、ポプラ社文庫は、みなさんの圧倒的な支持をいただき、発行された本は、八五一点。刊行された本は、何と四千万冊に及びました。このことはみなさんが一生懸命《いっしょうけんめい》本を読んでくださったという証左《あかし》でもあります。

しかしこの三十年間に世界はもとよりみなさんをとりまく状況も一変しました。地球温暖化による環境破壊、大地震、大津波、それに悲しい戦争もありました。多くの若いみなさんのかけがえのない生命も無惨《むざん》にうばわれました。そしていまだに続く、戦争や無差別テロ、病気や飢餓《きが》……、ほんとうに悲しいことばかりです。

でも決してあきらめてはいけないのです。誰もがさわやかに明るく生きられる社会を、世界をつくり得る、限りない知恵と勇気がみなさんにはあるのですから。

――若者が本を読まない国に未来はないと言います。

創立六十周年を迎えんとするこの年に、ポプラ社は新たに強力な執筆者《しっぴつしゃ》と志《こころざし》を同じくするすべての関係者のご支援をいただき、「ポプラポケット文庫」を創刊いたします。

二〇〇五年十月

坂井宏先